科里尼案件

[德] 费迪南德·封·席拉赫 —— 著

王竞 —— 译

DER FALL
COLLINI

著作权合同登记号　图字 01-2016-2272
Ferdinand von Schirach
Der Fall Collini
© 2011 Piper Verlag GmbH, München
Chinese language edition arranged through HERCULES
Business & Culture GmbH, Germany

图书在版编目(CIP)数据

科里尼案件/(德)费迪南德·封·席拉赫著；王竞译.—北京：人民文学出版社，2018
ISBN 978-7-02-014418-1

Ⅰ.①科… Ⅱ.①费… ②王… Ⅲ.①侦探小说—德国—现代 Ⅳ.①I516.45

中国版本图书馆 CIP 数据核字(2018)第 154981 号

责任编辑　欧阳韬
装帧设计　崔欣晔
责任印制　徐　冉

出版发行　人民文学出版社
社　　址　北京市朝内大街 166 号
邮政编码　100705
网　　址　http://www.rw-cn.com

印　　刷　三河市延风印装有限公司
经　　销　全国新华书店等

字　　数　83 千字
开　　本　880 毫米×1230 毫米　1/32
印　　张　5.25　插页 3
印　　数　1—10000
版　　次　2018 年 10 月北京第 1 版
印　　次　2018 年 10 月第 1 次印刷

书　　号　978-7-02-014418-1
定　　价　39.00 元

如有印装质量问题，请与本社图书销售中心调换。电话：010-65233595

或许，我们人生一世，
就是为了做那件必竟之事。

——欧内斯特·海明威

1

事后，好像所有人都记得起当时的情景，无论是楼层的侍者，电梯里的两位年长妇女，还是四层走廊上的那对夫妇。他们说，那个男人身型巨大，而且大家都提到一种气味：汗味。

科里尼乘电梯到了四楼。他搜索着房间号码，找到了房号400，"勃兰登堡套间"。他敲了敲门。

"哪位？"出现在门框里的男人八十五岁，但看上去比科里尼想象的要年轻许多。汗水顺着科里尼的后脖颈往下流。

"您好！我是《意大利通讯晚报》的科里尼。"科里尼吐词含糊，心里估算着，对方会不会要求自己出示记者证。

"很高兴认识您。请进吧，咱们还是在房间里进行采访比较方便。"那个男人朝科里尼伸出手。科里尼闪了一下，他不想碰这个人。至少现在还没到碰的时候。

科里尼说:"我出了不少汗。"话一出口他有些生自己的气,怎么把话说得这么奇怪呢。一定没人会这么讲话。

"今天还真是特别闷热,看来马上就要下雨了。"老人和蔼地回答,尽管他的话不对头。套间里十分清凉,空调的声音低到几乎听不见。两人走进房间,米白色的地毯,深色的木质家具,窗户很大,一切都显得昂贵而又中规中矩。从窗户向外望去,科里尼看到了勃兰登堡门,距离近得几乎有些不可思议。

二十分钟后,那个男人死了。四颗子弹射进了他的后脑勺,其中一颗子弹在脑浆里转了个圈,又飞出去,连带着撕掉了半边脸。米色的地毯把血吸进去,血迹的深色轮廓慢慢地扩大开来。科里尼把手枪放到桌子上。他站回到倒在地上的男人身边,眼睛盯着那人手背上的老人斑。然后,他用鞋把死者翻了个个儿。突然,科里尼抬起鞋后跟,朝死者的脸踩过去,他看着这个人,又踩了一脚。科里尼变得一发不可收拾,不停地踩下去,血液和脑浆溅到了他的裤腿上,地毯和床架子上也到处都是。后来,法医没有办法计算清楚踩蹬的次数,那些颧骨、下巴、鼻梁还有脑壳都被压成了一堆。直到他的鞋后跟掉了下来,科里尼才停住。他坐到床上,汗从脸颊淌下来。他的脉搏过了很久才恢复正常。一直等到自己的呼吸也变得均匀了,科里尼才站起身,在胸前画了个十字,离开房间,坐电梯下到一层。他走得一瘸一拐,因为一只鞋的后跟掉了,露出来的铁钉刮着酒店大理石的地面。在大堂,他对站在前台后面的年轻女孩说,她应该给警察打电话。那女孩提了好几个问题,做了一堆手势。科里尼只回了一句:"房间号400,那人死了。"就在他边上,大堂里的电子屏上写着:"2001年5月26日,20时,欢乐厅:德意志机械制造工业协会"。

他找到大堂里摆的蓝色沙发,在其中一只坐下。侍者过来问,是否需要点些酒水,科里尼不回答,只是盯着地板。他的鞋印可以从一层大厅的大理石地面追回到电梯间,再延伸到那个套间。科里尼在等着被捕。他花了一生等候这个时刻的来临。他一辈子都恪守缄默。

2

莱能的手机屏幕上显示了一个刑事法院的电话号码,他接起电话自报家门:"我是卡斯帕·莱能律师,负责为紧急事务充当刑事辩护律师。"

"我是曲勒尔,动物园区法院的预审法官。我这儿坐着一位被告,还没有辩护律师。检察院正在办理拘捕令,事因谋杀。您需要多长时间能赶到法院?"

"大约二十五分钟。"

"那好。我让人过四十分钟再把被告带走。您到了法院后,去212室报到。"

卡斯帕·莱能放下电话。和很多年轻律师一样,他在刑事辩护律师协会的紧急服务名单上报了名。一到周末,这些律师每人就分到一部手机,必须时刻准备出勤。警察局、检察院和法官手里都掌握这些电话号码。一旦有人被捕,需要辩护律师,机关的人就可以给这些随时待命的律师打电话。年轻的律师往往通过这种途径得赢得自己的第一批客户。

莱能刚当了四十二天的律师。考完第二轮国家律师资格考试后,他晃了一年,横穿了非洲和欧洲大陆,旅途的大多数时候,他在寄宿学校的老同学家借宿。几天前,他在大门口挂上了"律师卡斯帕·莱能"的牌子。挂牌这事让他觉得有些过于自我张扬,但心里还是挺高兴的。在选帝侯大街边上的一条小巷子里,有一座小楼,他的律师事务所就设在这楼的后院里,一共两个房间。尽管这座楼没有电梯,客人上下楼走的楼梯间也十分狭窄,可是莱能乐得自己当老板,只需管好自己即可。

此时是个周日的上午,莱能已经花了好几个小时收拾办公室。到处都放着打开的搬家纸箱子,给客人坐的椅子是在跳蚤市场买的,放文件的铁皮柜子还空空如也。办公桌是他父亲送给他的。

接完法官的电话后,莱能去找他的西装上衣。在一堆书的下面找到了。新买的律师袍挂在窗户把手上,他一把揪下来,塞进了公文包,就跑出门去。接完电话的二十分钟后,莱能站到了预审法官的办公室里。

"您好!我是莱能律师。您刚才给我打电话来着。"莱能还有些气喘吁吁。

"啊,就是紧急事务值班的那个吧?好,好,我是曲勒尔。"法官站起来,把手伸给莱能。曲法官差不多五十来岁,灰白相间的西装上衣,戴着花镜,看上去很和善,也许还有些心不在焉。不过这是假象。

"科里尼谋杀案。您想跟当事人谈谈吗?我们反正还要等检察官来。高级检察长雷莫斯,他是检察院的一个头儿,等会儿会亲自过来,虽然咱们现在是周末……不管怎么说,可能也就是例行公事吧。您看您,您想不想跟当事人聊聊?"

"我愿意见见他。"莱能说。有那么一会儿,莱能在想,这宗谋杀案有什么重要之处,会值得检察长雷莫斯亲自过来呢?但是,当狱警打开了一扇门后,莱能就忘掉了这个想法。门后紧连着一条窄而陡的石阶,通到楼下。犯人们就是通过这条石阶从关押室被带进法官的办公室的。关押室的第一级台阶上,在半明半暗中站着一个身型巨大的男人,他靠着石灰墙,脑袋几乎把室内唯一的一盏灯全给遮住了。他的双手戴着手铐,被铐在背后。

狱警侧身让莱能走过去,在他身后锁上了门。莱能现在和这个人独处一室了。"您好!我叫莱能,是律师。"小屋小得都不够转个身,莱能感觉到这个男人离自己无比之近。

"我是法布里乔·科里尼。"这人只扫了莱能一眼,说:"我不需要律师。"

"您需要律师。根据法律规定,出了这样的事儿,您必须委托一位辩护律师为您出面辩护。"

"我不想为自己进行辩护。"科里尼说。就连他的脸都是巨型的。宽下巴,嘴唇只是一条线,额头往前突出。"我杀了那个人。"

"您已经跟警察做口供了吗?"

"没有。"

"那么,您现在也应该保持沉默。等我了解了记录以后,咱们再聊。"

"我什么也不想说。"科里尼的声音听起来低沉而有些陌生。

"您是意大利人?"

"对。可我在德国已经生活三十五年了。"

"要我通知您的家人吗?"

科里尼也不看他一眼,只是说:"我没有家人。"

"朋友呢?"

"什么人也没有。"

"那咱们现在就开始。"

莱能敲了敲门,狱警重新开了门。审理间里,高级检察长雷莫斯已经坐在桌边了。莱能简短地做了自我介绍。法官从摆在眼前的一大堆文件中抽出一份卷宗。在一道不高的铁栅栏后面,科里尼在一条木板凳上坐下来,狱警站到他的身边。

曲勒尔对狱警说:"请把被告的手铐摘下来。"狱警打开手铐,科里尼揉了揉自己的手腕子。莱能还从来没有见过如此巨大的手。

"您好,我的名字叫曲勒尔,今天是负责您案子的预审法官。"他指了指检察官,"这位是高级检察长雷莫斯先生,您的辩护律师您已经认识了。"他清了清嗓子,语调变得公事公办起来,用没有任何语气的声音宣布:"法布里乔·科里尼,您今天坐在这里,是因为检察院提交了对您实行拘捕的拘捕令,案由为谋杀。我们开这个会,是由我来做出决定,是否批准这个逮捕令。我说的德语您都能听懂吗?"

科里尼点点头。

"请报上您的全名。"

"法布里乔·玛利亚·科里尼。"

"您的出生日期和地点？"

"1934年3月26日在格努阿附近的坎波莫罗内。"

"国籍？"

"意大利。"

"您的居住登记地？"

"碧岭根市鸽子大街19号。"

"您的职业？"

"机械师。我在戴姆勒工作了三十四年，最后的级别是高级技师。两年前退的休。"

"谢谢。"曲勒尔把拘捕令顺着桌面推到莱能眼前，这是两页红颜色的纸，还没有签字。拘捕令上的信息取自于警察局刑侦科提供的报告。法官现在逐字宣读拘捕令。在阿德隆酒店的套间400号内，法布里乔·科里尼跟让·巴蒂斯特·迈耶见了面，朝迈耶的后脑勺开了四枪，杀死了他。到此时科里尼还没有做口供，尽管如此，射击用的手枪上的指纹，科里尼衣服上和鞋子上溅到的血迹，他手上的子弹残留物，以及证人提供的证词，一一都证明了他射杀迈耶的事实。

"科里尼先生，您听懂了对您的指控吗？"

"听懂了。"

"根据法律,您有权保持沉默。如果您选择沉默,这丝毫不会成为对您不利的因素。您现在可以提出举证的申请,比如要求得到证人的姓名。您也可以随时向一位律师进行咨询。"

"我什么也不想说。"

莱能忍不住总是要打量科里尼的大手。

曲勒尔把身子转向他的书记员。"请您做如下记录:被告不愿表态。"他又对莱能说:"辩护律师先生,您想为被告做什么解释吗?"

"不。"莱能答道。他知道,目前说什么都没有意义。

曲勒尔法官把他的转椅转向科里尼:"科里尼先生,刚才我向您宣读了拘捕令,现在我批准拘捕令的签发。您可以针对我的决定提出申诉,或者申请对拘捕令进行审查。请就此跟您的律师商量一下。"他一边说,一边在拘捕令上签了字。然后,他抬头快速看了一眼雷莫斯和莱能。"二位还有什么申请要提吗?"

雷莫斯摇摇头,开始收拾他的东西。

"有。我要申请审阅案件档案。"莱能说。

"记下来了。还有什么问题吗?"

"我还要申请拘捕令审查的口头审理。"

"也记下来了。"

"还有,我申请被定为被告的辩护人。"

"现在就申请?那好吧。检察院对此有反对意见吗?"曲勒尔问道。

"没有。"雷莫斯回答。

"那么,我现在宣布以下决议:律师莱能被正式定为被告法布里乔·科里尼的辩护人。这下全了吗?"

莱能点点头。书记员从打印机里抽出一页纸递给了曲勒尔。他飞快地扫了一遍,把纸递给莱能。"这是今天会议的纪要。您的当事人需要在上面签字。"

莱能站起身来,读了一遍纪要,把它放在被告席前拧在铁栅栏上的书写板上。圆珠笔由一根细绳拴着系在木板上。科里尼扯断了绳子,结结巴巴地道了声歉,在纸上签了字。莱能把纪要还给了法官。

"可以了,今天就到这里吧。狱警先生,请您把科里尼先生带走。各位,再见。"法官说道。狱警给科里尼的手腕重新戴上手铐,带他离开了法官的审理间。莱能和雷莫斯站起身来。

"对了,莱能先生,"曲勒尔说,"请您留一下。"

走到门口的莱能转回身。雷莫斯离开了房间。

"我不想当着您的当事人的面问您这件事:您当律师多久了?"

"大约一个月。"

"今天是您参加的首次宣布拘捕令签发?"

"是的。"

"嗯,那我就不怪罪您了。但是,麻烦您行行好,仔细看看这间屋子。屋里有前来旁听的观众吗?"

"没有。"

"您看对了:这间屋子里现在没有、以前没有、以后也不会有任何旁听的观众。无论是宣布拘捕令签发,还是对拘捕令进行审查,都是不对外公开的。对这一点您是了解的,还是不知道?"

"这……我知道……"

"那您为什么还要在我的审理间里披上这件律师袍呢?真是见鬼了!"

有那么一秒钟,法官好像很享受莱能的不安。"好了,下不为例。祝您辩护顺利!"他从文件堆中取出另一份卷宗。

"再见。"莱能诺诺道,法官没有搭理他。

雷莫斯站在门外等他。"莱能先生,下周二您可以到检察院来领这个案子的档案文件。"

"谢谢您。"

"您是不是在我们那里做过见习律师啊?"

"是的,两年前做过。我刚刚拿到了开业资质。"

"我还记得,"雷莫斯说,"祝贺您,一开业就上手一桩谋杀案。不过看起来辩护成功的希望不大……但无论如何得先开个张嘛。"

雷莫斯道了别,从旁边的一条侧廊走了。莱能沿着走廊慢慢朝出口方向走。他很高兴终于能一个人待着了。他仔细打量着法院大门上的装饰物,浮雕是石膏做成的:一只白色的鹈鹕缩着身体,掰开乳房,为的是让小鹈鹕饮到自己的血。莱能在一只条凳上坐下来,重新读了一遍逮捕令,然后给自己点上一根香烟,伸了伸腿。

他从来的梦想就是当刑事辩护律师。他的见习期是在一家大型商业律师事务所完成的。学业考试结束不到一周,他就收到了四份面试的邀请函。他哪家都没有去。他不想进入这八百家律师事务所的任何一家。那些事务所里的年轻人,外表看上去跟银行家别无二致,人人怀里揣着一流的毕业证书,买了他们其实开不起的车,谁在一周结束前能给客户开小时数最高的账单,谁就是本周的赢家。这些公司的合伙人一般都离过两次婚,周末都穿上黄色的开司米毛衣和格子裤。他们的世界是由数字、监事会头衔、跟联邦政府签署的顾问协议、一连串没完没了的会议室、飞机场贵宾休息室和酒店大堂组成的。对所有这些人来说,法官是他们最大的风险,如果一个案子上了法庭,那就是一场灾难。然而这正是卡斯帕·莱能想要的东西:他想披上律师袍,为他的当事人登堂辩护。而现在他正在做的,就是这件事。

3

这个星期天剩下来的时间,卡斯帕·莱能去了勃兰登堡的一个湖边。这个夏天,他在那里租了一个小屋消夏。在伸向湖水的木栈上躺下,他先打了会儿盹,然后观看了一阵湖面上驶过的小帆船和帆板。在返城的路上,他去了趟办公室。这会儿,他正把一条电话录音听上第十遍。

"嗨,卡斯帕,我是尤汉娜。请马上给我回电。"然后她报了自己的电话号码。这就是这条语音留言的全部。他坐在堆满搬家纸盒的地板上,挨着电话机,不停地摁下重播键,头往后仰着,顶着墙,合上双眼。小房间里很闷,城里的空气已经好几天都不流通了。

尤汉娜的声音没有变,还是那么软,腔调拉得还是有些长,一瞬间,往昔完整地回到眼前:萝思谷,栗子树丛下那一片闪亮的绿,夏天的味道,而他,还是当年那个男孩子。

他们躺在花园小屋的阁楼上,抬眼望天。身体下面垫着的油毡很暖和,两人都把夹克脱下来当枕头。菲利普说,他亲了面包师的女儿乌丽克。

"然后呢?"卡斯帕问,"她还让你干吗了?"

"这个么……"菲利普说,随卡斯帕去想吧。

两个男孩之间立着一个保温瓶,里面装的茶早凉了,保温瓶上裹着褪了色的细藤条。这个保温瓶是菲利普的祖父从非洲带回来的。这时,他们听见厨娘从家里的露台上招呼他们过去。两人还是躺着不愿意动。在这个仲夏的下午,菲利普的曾祖父种的大树投下树荫,在树荫下面一切都进行得非常缓慢。卡斯帕想,如果总是像现在这个样子,我永远也吻不到一个女孩子了。他十二岁,和菲利普一起在波登湖地区的一所寄宿学校上学。

卡斯帕很高兴在暑假里不必回家。在巴伐利亚,他父亲继承了一片聊以为生的林子。父亲一个人住在一座十七世纪建的守林人房子里,这座房子永远是昏暗的,墙很厚,窗户极小,冬天取暖只能烧壁炉。墙上到处挂着鹿角和掏空后变干了的鸟。卡斯帕的整个童年就冻结在这所房子里。夏天的时候,父亲和整个房子都发散出甘草糖的味道,这是父亲打完猎,擦猎枪时用的机油的气味。父亲用他的擦枪油包治百病,涂伤口,治牙痛,甚至卡斯帕得了感冒,父亲会给他一杯放了擦枪油的热水要他喝下。家里有的唯一一本杂志,是《野味和猎犬》。卡斯帕父母的婚姻是一场误会。婚后的第四年,他的母亲打了离婚报告。父亲后来有一次说,母亲其实只受不了他一点,就是无论走到哪里都穿着胶靴。母亲后来认识了另外一个男人,家里把这个男人称作暴发户先生,因为他戴的那只手表,比看林人一年的收入还高。母亲随这个男人搬到斯图加特去住了,跟他又生了两个孩子。卡斯帕和父亲留在看林人的房子里,直到他搬进寄宿学校。那一年他才十岁。

"看来咱们还是得过去了。我饿了。"菲利普说。

他们爬下阁楼,穿过花园回到房子里。

"吃完饭以后咱们去游泳吗?"菲利普问。

"我更想去钓鱼。"卡斯帕说。

"对,钓鱼更好玩,咱们还能把鱼做烧烤呢!"

厨娘把两个男孩骂了一顿,男孩儿告诉她,他们玩儿的地方离得太远,根本就没听到开饭的喊声。之后,晚餐终于上桌了,长面包配熏火腿和黄油。和往常一样,两个男孩都是在厨房里用餐,而不是上楼去菲利普父母的餐室。卡斯帕喜欢待在楼下,这里有无数白色的抽屉,上面一一贴着黑墨水写的标签:盐、糖、咖啡、面粉、香芹籽。邮差每天早上过来送信的时候,也喜欢进厨房来坐坐。大家一起读,寄信人谁是,明信片上写了什么。之后邮件才被送到楼上菲利普父母的手里。

每隔一个下午,菲利普要上补习课,这时,卡斯帕就被允许到菲利普祖父的办公室里,等着菲利普下课。祖父名叫汉斯·迈耶。有时,祖父会和卡斯帕下一盘象棋,棋盘是非常古旧的那种。迈耶先生对卡斯帕十分有耐心,时不时让小男孩赢一盘,还给他点钱奖励他的得胜。

汉斯·迈耶依然执掌着家族的集团企业。1886年,他的祖父创建了迈耶制造厂,二战后,迈耶把它发展成一家世界级的大型企业。该公司主要生产机器,但也生产部分手术器材、塑料制品以及纸板。二十世纪初,汉斯·迈耶的父亲在城外买了一大片沼泽地,从柏林请来建筑师和园林设计师,把这块地弄干,改建成一座公园,还修了碎石路和林中路,铺了草坪,种上异国风情的树木,此外修建了街道,两旁栽上栗子树,合成了一条林荫道。园林设计师们还从以前的溪流堵截出三个池塘,在最大的水面上建了一个人工小岛,要通过一座浅蓝色的中国风格的小桥才能上去。公园里还建了一座红土网球场,一座露天游泳池,一座花园,一栋客人来住的小楼,以及司机及家人住的房子。沿着公园走下去,是一个玻璃房,玻璃是用铅封合住的,通过一条丁香夹道的小路就能走到那里去。主人住的别墅是1904年在一座小山丘上落成的,沿着宽大的台阶拾级而上,就走到了石头铺地的露台,四根大柱子矗立在露台上。尽管这栋别墅里有三十多个房间,房子的两个侧翼还建了六个停车房,融在周边的风景中,这所建筑依然显得轻盈得体。从一开始,房子的木质窗框就被漆成深绿色,因此,家里一直把这栋别墅称作"绿屋"。这个名字起得别提多合适了,还因为房子的整整一面墙都爬满了绿萝,而屋后的八棵古老的栗子树撑起一片宽阔的荫凉,在夏日的周末,一家人都喜欢坐在树荫的穹窿下共进晚餐。

在萝思谷,汉斯·迈耶是唯一一个跟孩子们玩的人。他给孩子们讲解,怎样一颗钉子不用就能造一座树屋,在哪里能找到最好的蚯蚓。有一次,他送给菲利普和卡斯帕一把桦木木柄的刀,他削给两个孩子看,怎么做一支口哨笛。而两个男孩子则幻想着,当小偷深更半夜登门入室时,他们怎样拿着这把刀保护了全家。这是最后一个夏天,他们还拥有一切。大人们不怎么管他们,他们对时间还是没有概念,只想着每一天怎么过。两个孩子唯一发愁的事情,就是鱼不咬钩和女孩子们不愿意吻他们。

四年后,卡斯帕认识了菲利普的姐姐尤汉娜。那时,菲利普和卡斯帕几乎一放假就回萝思谷。即便是圣诞节,卡斯帕也宁愿留在萝思谷过,这比待在寒冷的守林人小屋强多了。雪在圣诞节的两周前开始下,下得极大,清扫过的道路在雪景中串联起来,把公园描绘得犹如一座迷宫。菲利普和卡斯帕坐在前厅的大壁炉边上取暖。家里的三条大狗趴在石板地上睡觉,它们是不许上楼的。菲利普身上穿的黄色浴袍,是他从储藏室的一个柜子里翻出来的,上面印着一个盘子般大的族徽。两人抽着祖父的雪茄,望着壁炉里的火焰,商量着接下来的几天都干什么。

家里的司机弗兰茨从慕尼黑机场接回了尤汉娜。她从一道侧门走进前厅,菲利普没有看见她。当卡斯帕看见她、想礼貌地站起身来时,她摇摇头,把食指放在唇上。然后,她悄悄走到菲利普坐的椅子后面,用手蒙住了他的双眼。

"我是谁啊?"她问道。

"不知道。"菲利普说,"等等,一定是大胖子弗朗茨用他的糙手蒙我的眼睛。"他大笑着把姐姐的手从自己的脸上掰下来,着急地绕过椅子去拥抱姐姐。

"菲利普,你的浴袍可真漂亮啊,"尤汉娜说,"好黄哟……"然后她向卡斯帕转过身来,望着他微微一笑。"你肯定就是卡斯帕了。"她安静地说道。卡斯帕的脸红起来。她需弯下腰,才能让他吻到她的脸颊。他一瞥看到了她白色的文胸。而她的脸还是冰冷的。尤汉娜和弟弟长得一样,高个子,苗条颀长。可是在菲利普身上显得瘦骨叮当笨手笨脚的地方,到了尤汉娜身上,都呈现出优雅的范儿。和菲利普一样,尤丽娜也长了一双深色的眼睛和高挑的眉毛,然而,她的嘴唇在她白皙清亮的脸上,却带着股柔软而嘲弄的样子。虽然她只比卡斯帕大几岁,却像个成年人,在小男孩眼里是遥不可及的。

接下来的两天,尤汉娜简直就是一刻不停地和她在伦敦的朋友们打电话,她的笑声穿过整栋房子。因为电话总是占线,尤汉娜的父亲很生气。当她启程时,身后留下了一大片空白。这却好像只是卡斯帕一个人的感受,其他人对尤汉娜的离开似乎没有什么感觉。

下一年的夏天,菲利普得到了他的第一辆汽车,一辆红色的雪铁龙,白色的车座。这是高中毕业前的最后一个暑假了。和从前一样,两个好朋友把假期的头一半时间花在迈耶机械厂的流水线上，后一半则是用来把打工赚的钱花出去。他俩开着车途径布伦娜通道去威尼斯。在上世纪二十年代的时候，菲利普的曾祖父在利多河畔买了一座新现代主义风格的别墅。逛完了所有能逛的博物馆和教堂之后，接下来的日子就过得大同小异了：两人在拉古那湖上自驾帆船，打网球，把下午消磨在沙滩咖啡馆里、酒店的露台上，或者他们躺在码头边上悠长而深绿的树荫里。晚上，他们坐着游艇去威尼斯城里，在卡纳雷吉欧的酒吧里出了这家进那家，在夜色笼罩的大街小巷游荡。两人总是玩到近凌晨才回家，筋疲力竭地在别墅的露台上再坐上一个小时，听着海鸥的叫声。他们感到心满意足。

　　暑假将尽的时候，尤汉娜从伦敦来到威尼斯和他们过了一周。在她又要返回伦敦的前一天，尤汉娜躺在游泳池边上，挨着卡斯帕。她用胳膊肘支撑着身体，头发垂下来遮住了部分的脸。突然，尤汉娜朝卡斯帕俯下身去，看着他。卡斯帕闭上了眼睛，尤汉娜湿乎乎的头发打在他的额头上，尤汉娜吻着他的嘴唇，两人的牙齿在接吻的时候碰到了一起。"别做出一副这么严肃的表情，"尤汉娜哈哈大笑起来，把一只手放在了卡斯帕的眼睛上。然后，她起身朝海里跑去，半路还转过身来，朝卡斯帕呼喊："起来，过来啊！"他当然没有跟过去,可是他用目光跟着她。后来,卡斯帕几乎想不起来,他是否经历过还有比这更幸福的时刻。在海边度过的蔚蓝色的那几天啊。

差不多一年后,两个男孩子完成了他们的高中毕业考试。毕业典礼结束后,菲利普的父母把儿子从寄宿学校接回家。车开到萝思谷路牌之前,还有最后的一段弯道,路上斜着停了一辆木材装载车,这辆载木车刚从林间道上开出来,试图在窄窄的小道上掉头。菲利普家的车从拖车头下面冲了进去,锯下来的大木头把小轿车的车篷整个掀掉了。菲利普的头被撕下来,他的父母当场就因失血过多死去。

追悼会在萝思谷举行。教堂里,牧师说,菲利普生前是一位多么好的儿子、孙子,他本该拥有一个多么光明远大的前程。他没有提到,菲利普的棺木是闭合的,因为死者已经没有了头颅。牧师戴着一副紫色的花镜,站在前来参加追悼会的人们面前,在空气中画了个十字。他向众人宣讲着一个更加美好的世界。卡斯帕感到恶心。弥撒还在进行当中,他就离开了教堂。门外,丧葬工作人员穿着他们特有的制服,站在挖好的墓坑旁边,等着仪式结束后好把棺木放下去。他们一边抽烟一边闲聊,他们还是活生生的人。一看见卡斯帕,他们马上把烟头扔到地上,用脚踩灭。卡斯帕不愿意打扰他们,他穿过墓园,朝墓园里的小教堂走去。卡斯帕在一张大理石做的凳子上坐下来,远远地看着追悼会在一半树荫中继续进行。

汉斯·迈耶埋葬了他的儿子、儿媳和孙子。在林立的墓碑旁边他僵硬地直立着,尤汉娜扶着他。他接受了长达四个小时的吊唁,跟每个前来表达哀悼的人都说上几句友好的话。一切结束之后,迈耶回到家,把自己关在书房里。尤汉娜立即叫车去飞机场,她不想跟任何人说话。

到了晚上,卡斯帕去汉斯·迈耶的书房里看他。他问老人,要不要一起下一盘国际象棋,就像以前那样。两人沉默地下起象棋来。过了一段时间,汉斯·迈耶不下了。他打开窗户,朝灯光昏暗的花园里望去。

"当我还是一个小男孩的时候,发生了一件事情。我那时大约八九岁吧,"汉斯·迈耶说。他说话的时候,并没有转过身来。"我那时有一件红蓝色的衬衫,颜色是闪闪发亮的那种,不知道是用一种什么材料做的。这件衣服是我叔叔从意大利带回来的。我穿上这件新衣服,朝我们家的马厩走去。那时,我几乎天天去马厩,我非常喜欢马。马厩外边的围栏里,站着我母亲的那匹赛马,这匹马有些神经质,已经赢过好多场比赛。我母亲坚信,再过几年,这匹马肯定能参加奥运会。我现在记不清当时的事情了,我也许就想抚摸抚摸它吧,就像我经常做的那样。不管怎么说,这匹马见了我,撩起前蹄高高地直立起来,接着就朝马场的木栏飞奔过去。它受了惊,摔断了左前腿,疼得嘶叫起来。马的叫声非常可怕,我还从来没有听过那样撕心裂肺的叫声。我用手把耳朵捂起来,跑开了。到了下午的时候,我们的守林人过来,开枪把这匹马打死了。"

说到这时,汉斯·迈耶才转过身来。他在哭,眼泪无声地流下来,声音却不颤抖。"晚上我被叫到我父亲的书房。我坐在那里,也就是你现在坐的地方,在这张办公桌前。在那个时代,父母是很少跟他们的孩子说话的。我很爱我的父亲,可是我也很惧怕他。他说,那匹马死了都是我的错,它提前死了,在还不该死的时候就得死。今后我应该对我熟悉的东西多留神。他真是那么说的,提前死。我父亲没有惩罚我。他说,我应该好好反省一下这匹马为什么死了。几天以后,我们把马埋在了公园里挨着小湖的地方。当然埋进去的不是整匹马,而是它的马掌。"

"我知道这件事,菲利普给我看过埋马的地方。"卡斯帕看着这位曾经是他的朋友的老人,说,"可这不是你的错。"

"你这是什么意思?"

"你的衬衫是惊不了马的。马是色盲,分辨不出颜色,它们只能看到黑和白两种颜色。"

汉斯·迈耶把身体靠在沙发的扶手上,微微笑了。"卡斯帕,你知道吗,你这么说真是好心。可你说得不对,马能看见红和蓝的颜色。"

老人用手背抹了抹自己的眼睛。他又走回窗前,把对开的两扇窗推开,俯身在窗台上。卡斯帕站起来,朝他走过去。汉斯·迈耶回过身来,把卡斯帕拥到怀里。过了一会儿,老人对卡斯帕说,他想一个人静静地待会儿。第二天早上,卡斯帕要开车离开时,他在副驾驶的座位上发现了那副古老的国际象棋。

过完了服军役浪费掉的时间,莱能开始在汉堡大学读法律专业。菲利普死后,他的变化很大,变得沉默寡言了。世界变得与他格格不入。他经常会有一种感觉,自己被从自己的身体里拔了出来。他从外部观察自己,看着自己身体的动作,好似受着一台遥控器的操纵。他渐渐想象,自己还是受到了父亲黑暗性格的遗传。

菲利普的追悼会后,他只有唯一的一次返回过萝思谷,那是在他的好朋友去世四年之后,尤汉娜向她发出婚礼邀请。她跟一位年长自己二十岁的英国人结婚了。丈夫原本是她在剑桥大学三一学院的教授,眉毛都白了,人十分友善。大家都认为他非常风趣,魅力十足。教堂里的婚礼仪式结束后,卡斯帕在教堂门外向尤汉娜表达祝贺新婚,尤汉娜俯在他耳边悄声说,她是那么想念弟弟菲利普,然后,她抚摸了一下卡斯帕的脸颊。他用力地抓住她的胳膊,深吻了一下她的手心,有那么一个短暂的瞬间他仿佛相信,他们这些活下来的人还是可以再次获得拯救的。

六年之后的此刻,莱能在他小小的办公室里,拨通了尤汉娜的电话。刚响第一声,她在电话那头就接了。

"你好,尤汉娜!"

"你终于打过来了。从昨天开始我就不停地给你拨电话。我没有你的手机号。卡斯帕,你为什么要这么干呢?"

莱能很惊讶尤汉娜在生气。"你这是什么意思?"

"你为什么给这个混蛋辩护?"尤汉娜哭了起来。

"尤汉娜,别哭啊,我还是不明白你是什么意思。"

"报纸上到处都登着呢。你负责给那个意大利人做辩护。"

"可这又怎么……等等,等一小会儿……"莱能站了起来,他的案件文件夹还摆在办公桌上。从一堆纸中他抽出了拘捕令。"尤汉娜,这儿写着,他射杀了一位叫让·巴普提斯特·迈耶的人。"

"天哪,卡斯帕,让·巴普提斯特只是他证件上的名字。"

"你在说什么?"

"你在为谋杀了我祖父的凶手做辩护。"

汉斯·迈耶的母亲是法国人,她用浸礼者约翰内斯的名字命名自己的儿子。可是,跟很多他的同龄人一样,迈耶不喜欢复杂的名字。人们把弗雷德里希简化成了弗里茨,瑞哈特变成了瑞拿,约翰内斯变成了汉斯,就连在他的名片上,他也只印了汉斯。

莱能第一次想象死者这个人,汉斯·迈耶,在一间酒店的房间里被射杀,血流成河,一堆警察,红白颜色的警戒线隔离了现场。莱能坐到了地上,背贴着墙。他父亲给他的办公桌在房间里没有摆正,一条桌腿儿上还蹭掉了一块漆。

4

每次都会出现这种情况:没人知道是谁把消息泄露给了媒体。后来,检察院怀疑是处理案件的警察里,有人把案情捅了出去,因为媒体公布出来的细节太多了。不管怎么说,柏林的娱乐报纸在它的周日晚报上,头版头条地登出了"豪华酒店谋杀案"。人们对作案者的名字一无所知,而死者却无人不晓。这可是联邦德国最富有的人之一,汉斯·迈耶乃SFM集团——迈耶机器制造集团的监事会主席和该集团的拥有者,他还是联邦十字勋章的获得者。在各大报纸的新闻编辑部里,记者们极力想发掘出更多的信息,陈年档案被调出来深挖细抠,昔日的报道被拿出来重读。记者们在纷纷推测谋杀的动机。大部分人往经济作案上猜,但谁都拿不出任何确凿的事实。

律师兼教授理查德·马汀格博士,此时正身着浴袍,两腿叉开,坐在自家的沙发上,脑子里想着他的夫人。二十年前,夫人在柏林郊外的万湖找房子。那时距离两德统一还有八年,房地产便宜得都有些可笑。很多年轻的家庭得以搬进有年头的大房子住。他的夫人稳操胜算,十年下来,房地产的价格翻了好几倍。刚刚把房子装修好,一切布置停当,夫人就去世了。从此以后,马汀格严禁对家中布置做出哪怕最微小的改动。

他的浴袍是敞开的,露出的胸毛已经发白。他正让他的女朋友为他服务,这是一位十分年轻的乌克兰女孩。她每天都要对他说无数遍,她是多么爱他。而他知道,这样一种关系,从来就是一桩生意,建立在双方所需的基础上,维系得好的话,在一段时间内,当事人双方都会感到舒适惬意。马汀格六十五岁上下,保养得很好。二战马上就要结束的时候,八岁的马汀格被一颗手榴弹炸掉了左小臂。但最引人注目的还是他的眼睛,深蓝色,闪着有力的光芒。

电话铃第九次响了起来。有人会在星期天上午打来电话,一定是非同寻常的事情,何况知道他家里电话号码的人少而又少。当他终于拿起话筒时,俯在他两腿之间的女朋友抬起脸来,笑盈盈的,想知道她的动作是否还应该继续进行下去。马汀格必须用那么一小会儿,才能把精神集中起来。他用肩膀和脸颊夹住话筒,从茶几上拿起一个本子,用铅笔在上面速记着谈话的内容。把话筒放回去后,马汀格站起身,系上了浴袍,抚摸了一下女朋友的头,就一言不发地走进了自己的书房。

半个小时后,马汀格让司机把自己送到他的律师事务所。路上他给他雇的一位年轻律师打了电话,要求他马上到事务所来一趟。早在七十年代,马汀格就在史达姆海姆恐怖袭击案件中做过辩护,那次登场让他名声大振。有家周刊对他的报道说,马汀格拥有一种"熠熠发光的聪明才智"。那也许是第一次,居然有人在法庭上,为刑事诉讼案的被告不惜一切地进行辩护。在学生运动的初期阶段,很多人认为,民主陷入了危机,这些恐怖分子是国家的敌人。这在当时是最大的一起案子,早在判决宣布前,就开始为被告们修监狱了。这个案子的开庭改变了德国的法律。辩护律师在庭审中对法官大吼大叫,被告人举行绝食抗议,大法官必须在案子进行到一半时离席,因为产生了粘连关系。法庭上可用"硝烟弥漫"四个字形容。辩护律师们从中学到,他们必须变得更加自信,同时也更深地懂得,正义是必须通过一场公正的审理程序才能获得的。这个大案大得让某些律师扛不住了。有些辩护律师变得对当事人态度恶劣,有人行事过火,自己反而成了罪犯。愤怒是会酿成悲剧的。马汀格跟他们都不同。公众以为马汀格为恐怖分子代言,又比恐怖分子的声音更清晰、更富于穿透力。但这是个错觉。当然了,马汀格也参加过几次学生游行,也结识了几位学生领袖,但是让他惊骇的是,这些人对他们的一己之言过于沉迷烂醉。其实,马汀格代表的只是法律,他对法治国家坚信不疑。

从那以后,他受理过差不多两千多起案件,一直站在为被告辩护这一方。他从来没有输过一场谋杀案,他的当事人中没有一位被判处过无期徒刑。然而,随着时间的推移,他的客户群也在发生着变化。先前来找他的,多是投机商和开发商,以后来的是银行家、企业的董事长以及家世渊博的大户人家。他已经很久没有跟贩毒者、黑老大或杀人犯打过交道、为他们出庭辩护了。他现在把很多时间花在为法律专业报刊写论文,同时担任一连串的法律协会的主席,他还是最古老的《刑事法评论》的联席总编,并且兼任洪堡大学的客座教授。环绕他左右的一切都变得高雅起来。他出庭的次数减少了,绝大部分向他的当事人提出起诉的案件,检察院都以高额赔付的调解方式而结案,无需走到出庭对决这一步。马汀格一如既往地坚信法治国家,然而,值得他出征的战场却似乎已被踏平。有时候,当他深夜在某个机场滞留时,他会想,他的生活好像错过了什么。可是他不愿意去细想,那被他错过的东西究竟是什么。

这时,他人还没有走进律师事务所,就已经跟警察局的刑侦科通过电话了。他当然跟负责的警官很熟,从那里得到了详尽的信息,已经可以粗略地勾勒出案件的轮廓。两小时后,他和迈耶集团的法务负责人霍高·鲍曼通上了电话。在事务所的一间大会议室里,马汀格和他雇佣的年轻律师坐在一起,通过免提的会议电话跟鲍曼交谈。鲍曼介绍情况说,他们集团在全球一共有四万多名雇员,业务增长额平均每年都高于行业增值的百分之四。集团正处于攀升到有史以来最佳业绩的关头。前董事长和大股东汉斯·迈耶被谋杀,于集团而言无异于一场灾难。他不希望媒体在报道中把公司扯进来。鲍曼谈及几年前集团的一家子公司涉嫌贿赂的那桩案子,当时马汀格为其中一位高管做了辩护。媒体那时对集团的一些报道颇为负面。鲍曼的声音听起来有些紧张。马汀格记起来了,自己对鲍曼这个人没有多少好感。

鲍曼继续往下说,在集团里没有一个人知道,迈耶为什么会被谋杀。虽然迈耶被杀时仍然身为集团的监事会主席,但他的死肯定跟集团没有任何直接关联。马汀格感到诧异。谋杀案只不过刚发生了几个小时,而鲍曼已经可以如此信誓旦旦地下结论。

集团董事希望,马汀格出任集团这方的诉讼代理人。马汀格对鲍曼解释说,这是不可能的事,只有死者的家属可以委任他为诉讼代理人。马汀格说,绝大部分民事诉讼律师都不了解这一点,不过,法律就是这么规定的。鲍曼保证他马上去处理这件事情。一个小时后,被害者的孙女和唯一继承人,尤汉娜·迈耶从伦敦发来的传真,就摆在了马汀格的办公桌上。

马汀格向尤汉娜·迈耶保证,他会全权处理一切相关事务。明天他就和柏林的检察院会面,并为所有参与者提供报告。马汀格事务所里的那位年轻律师马上走进了自己的办公室,开始准备文件材料。

马汀格回到家已经是晚上十一点多了。他的女朋友已经睡了,和以往一样是睡在客房。他从厨房里取了一杯冰水,然后走进花园。院子里弥漫着刚割过草的味道。马汀格拉开领带,解开了衬衣扣子。天气还是相当热。他把冰冷的杯子摁在自己的额头上。慕尼黑迈耶集团的特别董事会议安排在第二天下午三点召开,在此之前,马汀格不会得到什么答复。其实,他现在连靠谱的问题都提不出来。

5

科里尼被捕后的第一个晚上,莱能花了整晚的时间写一份申请报告。他坐在他的公寓里,厨房的饭桌边,桌上堆满了摊开的教科书和法律释义。还有一台黑白小电视也摆在桌上,大部分时间都在无声播放。22点30分的晚间新闻评述里,播放了一小段关于死者的报道,几乎没有解说词:汉斯·迈耶和几位德国前政要的合影:和阿登纳、路德维希·艾哈德以及科尔等等。播音员在猜测谋杀动机,他说动机目前尚不明朗,检察院正在案件调查中。电视上接着出现的镜头是柏林的阿德隆大酒店,以及监狱的建筑和刑侦处的大楼。那个待查的凶手是意大利籍,播音员说。

到了凌晨五点的时候,莱能第一次把申请报告打印出来,到了早上七点的时候,他完成了终稿。这是一篇相当不错的文章,但是莱能不能确定,凭着这样一篇稿子他是否就能过关。他写的申请,是关于不再为科里尼辩护,他希望法官能免除他担任科里尼的辩护人一职。

七点半,莱能走出家门。外面下过雨,空气清冷而新鲜。在一家报刊亭,他买下当天所有的报纸,几乎每份报纸的头条都登载了迈耶被杀的消息。

莱能住的公寓在第三层,这栋楼的底商是一家面包房。其实这不是一家真正意义上的面包房,而只是一家面包销售店。也就是说,和这个连锁系统里的其他上百家店一样,这个店里的面包都是通过一个程式做好后,送进店里来卖的。店主是一个大胖子,脸总是很红,一双手长得特别小,指关节在他的手上成了一个个的小坑。他的身手矫健得令人称奇,但是对狭窄的过道而言,他实在是太胖了,柜台台面都顶进了他的胖肚子,面包渣撒了一地。店老板在街上摆了三把旧椅子,夏天的时候,莱能每天早上都坐在那里,在人行道上喝一杯咖啡,吃一个挺难吃的牛角面包。有时候店主也坐过来,就像今天这样。他说莱能的面色相当难看。

莱能坐轻轨去法院。车厢里走过来一个吉他手,吼出鲍勃·迪伦的歌,只有几个外地来的游客给他点儿钱。八点刚过,莱能就到了莫阿比特区的法院。

检察院的重罪调查处设在第三层,走廊的大窗前立着镶在钢架中的防弹玻璃。莱能曾经在这个部门做过三个月的见习律师,这里的大部分人他都认识,至少是面熟。在秘书处,文件堆在格子里,书架上,桌子上、地板上,总之到处都是,直达屋顶,按照一个外人看不透的秩序排列着。如果发生一桩残暴的凶杀案件,有关它的所有文件资料都会汇总到这里来。文件的分类涵盖所有的杀人方法,并按照致死的类别归整出来,有谋杀、凶杀、炸死或绑架致死等。办公室的墙上贴着女秘书们从度假地寄回来的明信片:有落日、沙滩和棕榈树。电脑屏幕的框子上贴着孩子和老公们的照片。

莱能报出了文件号,并出示了法庭指定他为被告的辩护人的决议书。秘书处的女公务员递给他一个很薄的文件夹。她也认出了这个以前来做过见习的律师,祝他处理这个案子一切顺利。女公务员一边对莱能说,这个案子肯定非常难办,一边充满同情地看着他,告知他,理查德·马汀格将出任受害者的诉讼代理人。莱能还从这位女公务员口中得知,尸体解剖将于下午一点在法医研究所进行。

取到档案后,莱能考虑了一下是否要去探望他的当事人,可他实在想不出来跟科里尼聊什么。他一边穿过走廊朝律师休息室走去,一边翻阅着拿到的文件资料。

莫阿比克刑事法院里的律师休息室可谓一个避风港，这里既没有当事人，也没有检察官和法官，甚至连翻译都不让进来。这个律师休息室从魏玛共和国起就存在了，鼎鼎大名的辩护律师如阿克斯·阿尔斯伯格早在上世纪二十年代就在这个房间坐过了。直到今天，这个休息室也没怎么大变样。律师们在这里看报纸，跟秘书处通电话，写报告，或者等候继续开庭。只需付一个马克，就能借一件出庭穿的律师袍。女秘书为大家登记打来的电话，有时还给她喜欢的律师们送糖吃。在这里进行得最多的，还是律师们之间的心得交流。关于法官和检察官的流言在这里满天飞，大家在这里一起分析案情、咨询报告撰写建议、结成联盟，之后又好说好散。如果有法官不按照约定出牌，或者有检察官对一项调查秘而不宣，律师们都能从这间房里立马得知。他们在这个屋子里可以口无遮拦，既承认自己的失败，也炫耀取得的成功。也是在这间屋子里，他们会用另一种口气谈论他们的当事人，他们拿罪行开玩笑，好让这些犯罪变得可以忍受。咖啡是从一个自动咖啡机里提取的，喝起来带着股塑料和奶粉混合的味道。房间里的摆设显得破旧不堪，连沙发的布料都裂开了口子。

莱能朝房间后面摆的复印机走过去，穿过休息室时还一直在读手里的文件。他一不小心跟另一位律师撞了个满怀,文件也掉了一地。莱能马上道歉,把文件捡起来继续往前走。当他到了复印机跟前时,他看见了正坐在一只沙发上读报的马汀格。莱能朝马汀格走过去。

"早上好,马汀格先生!我是卡斯帕·莱能,我们在做同一桩案子。"莱能说道。

"法布里乔·科里尼?那桩汉斯·迈耶的案子?"

"对,就是这桩案子。"

马汀格站起身来,向莱能伸出手。"我可以请您喝杯咖啡吗?"他说。

"谢谢您。我非常高兴认识您。"莱能说,"我听过您关于刑事诉讼法的大课。"

"但愿我没有一通胡说。"马汀格说着,就跟莱能一起走到自动咖啡机跟前。他往钱槽里投了一枚硬币。两位律师干等着,直到咖啡机吐出一个棕色的塑料杯子。"但愿今天早上没人点了西红柿汤!要是这样的话,接下来的五十杯咖啡就都没法儿喝了。"

"谢谢您。没西红柿汤,这儿的咖啡也够难喝的。"两人走回沙发,坐了下来。

马汀格说:"我恭喜您,莱能先生,您拿到的这个案子很不错。"

"完全不是这么回事。"莱能嘟囔道。

"为什么？"

"我正在想办法从这桩案子中抽身。我傻里傻气地当上了指定辩护人，然而，我无法继续做辩护的工作。您反正会从文件中读到这里面的原因，我当然也可以现在就说给您听。"莱能把发生的事情讲了一遍。马汀格请莱能把他写的申请报告给他看一下，莱能递给他一份报告的复印件。

几分钟后，马汀格说："报告写得极为出色。您作出的陈述，通情达理。只是我不敢肯定，这些理由是否充足。您知道的，按照法律规定，只有在您和您的当事人两者之间的信任关系出现问题时，您才能从辩护一职中被撤换下来。曲勒尔法官一向是根据司法条款作出裁决的。我几乎要说，他简直就是一个技术主义者。"

"我还是打算试一试。"莱能说。

"咱们俩互不相识，莱能先生。您当然不会接受我的建议。"

"完全不是这样，"莱能说，"我十分想倾听您的意见。"

"我猜，这是您接手的第一桩重大刑事诉讼案件？"

"对。"莱能点点头。

"如果我是您，我是不会提出申请，去取消辩护工作的。"

莱能吃惊地看着他，"可是……我几乎是在死者的家庭里长大的啊。"

马汀格摇了摇头。"那又怎么样？兴许下一个案子里的谋杀又让您想起了自己童年的一段所谓悲惨经历。再下一个案子里，您又不得不总是想起一个被强暴过的前女友。有时候您会不喜欢某位当事人的鼻子，或者认为他贩卖的毒品是人类的最大邪恶。莱能先生，您不是想当一名辩护律师吗？那您就得有个辩护律师的样儿。您接手为一个人进行辩护。好吧，也许这是一个错误。但这全是您一个人的错，不是当事人的错。现在，您得对这个人负起责任来。蹲在局子里的那个人什么都没有了，您是他的全部。您必须告知他您和死者的关系，然后问他，他是否还愿意要您做他的辩护律师。如果他依然愿意——只有这一条是算数的——您就要管他，尽一己之力，把您的活儿干好。这是一桩谋杀案，不是大学里的一堂课。"

莱能拿不准，马汀格说的是有道理呢，还是他只是想拢住一个毫无经验的对手。这位老律师正友好地看着他。说不定二者皆有之吧。

"我再想想，"莱能最终说道，"无论怎样都非常感谢您。"

"我也得走了，在经济犯罪处我还有一场会谈，"马汀格说，"不过，您愿意今天下午到我办公室来一趟吗？也许咱们值得再就几个问题聊一聊。"

"非常愿意。"莱能很清楚，马汀格的目的，是想从他这里获知，如果他还继续接手这个案子，他打算怎样为科里尼做辩护。但是，莱能顾不上这些了，他一心想结识这位大律师不可。

6

谁第一次去尸体解剖厅,遭遇的是自己的死亡。现代人看不到尸体,尸体从正常的世界中统统消失了。有时候,路旁还会躺着一只被车轧死的狐狸。但绝大部分人是从来没有见过死人的。

当莱能走进法医部时,高级检察官雷莫斯博士和刑侦处的两位警察正在等候法医处的头儿瓦根施代特教授。一般情况下,辩护律师从来不看法医解剖尸体。但是莱能就是想要了解一切。

尸体解剖台有2.5米长,85厘米宽,材质为抛光后的不锈钢。台面由一根很宽的支柱在中间部分支撑住,两侧有两个保护好的插头,用来插电锯和电钻。台面上方安了一根水龙头,可以用膝盖来操作开关,还有一个手持花洒。水池子是嵌进操作台面的。这是一个新模型,它的台面可以电动升降。"而且几乎是无声的。"当这张台解剖在半年前运过来的时候,瓦根施代特教授说了这么一句。他给学生们演示操作时,忍不住赞叹不已,就像一个小男孩得到了新玩具。台面下有接口连着,共三个接口,为便于清洗台面而设置,其中一个是汇污箱,血水和其他剩余物通过一个轻度的斜坡,冲进一个可以摘出来的滤网里,方便运走。挂在解剖台上方的盒子,有些像厨房里的抽油烟机。

莱能一看到尸体,就觉得恶心。死者是赤身裸体的。在强硬的白光照射下,胸毛和阴部的体毛显得十分浓密,乳头和指甲越显深暗,每一种对比都变得更加强烈。死者的半边脸被扯掉了,肌肉纤维和骨头一览无余。脸上还剩下的那只眼睛是睁着的,奶白而塌陷。莱能想到了鱼。

瓦根施代特开始了解剖。他用大拇指摁了摁死者上半身和大腿处的尸斑。他的助理,一位壮硕的、发髻高挽的医科女学生,和他一起朝尸体俯下身去。

"这些斑呈暗紫色,"瓦根施代特用教学的口吻说,"尸体没有躺在露天场合。这和报告上说的是一致的。"然后,他朝助理转过身去,"您看看,用力摁过以后,这些斑只是很微弱地回弹,在接下来的几秒钟也没有恢复原状。您自己试试。"

助理试了试。

"对此您下何种结论?"

"这个男人的死亡时间长于六个小时,低于三十六个小时。"

"对了,"瓦根施代特直起身来,他又摆出一副百分之百老师的派头,"请说出尸斑的定义。"

"尸斑,拉丁语为 Livores,是通过重力造成的血管里的血液直降而产生的。"

"好,不错。"

接下来的两个小时就是按照这个形式走完的。瓦根施代特冲着一台挂在解剖台上的小型录音机做着口述。肌肉里呈现的尸僵已经达到了饱和的程度,腐烂还没有开始。瓦根施代特手里拿着作案现场法医做的记录报告,读着上面记载的案发时尸体的温度和室外的温度,边看边点头。然后,他开始对死者进行描述:头、头发(长度、额头偏秃),脸、鼻梁和鼻孔(呈粉碎状,血液和透明液体流出,一直流到双耳处,右边更多),眼睛(左眼被毁掉,被蹬出,右眼部分保留,视网膜成苍白色),口腔(里面带红色液体),瓦根施代特声音很轻,全神贯注。他告诉助理,尸体的外观是跟死者产生的第一道联系,须小心翼翼、缓慢而心怀敬意地进行。从上至下,系统地着手,不要在问题显著的部位之间跳来跳去。"这个人已经死了,您有的是时间。"瓦根施代特说。他对死者的处理充满敬重,解剖台边,任何玩笑都是禁止的。

外部检查完毕后,开始了尸体内部的检查。莱能必须靠着铺了瓷砖的墙才能站稳,他已经感觉不到自己的双腿了。瓦根施代特把死者沉重的身体翻了过来,对背部做解剖准备。他用解剖刀把死者的背部从后颈直至尾骨处划开,紧接着划到臀部两侧,使整个刀口呈字母 Y 的形状。他把肌肉和软组织一层一层地揭开,去掉脊椎上的肌肉组织,把软组织折叠起来,又把左肩胛骨推到一旁。莱能闭上了眼睛,但是气味躲不掉。他想走,可是他根本动不了。

在头皮和头盖骨之间是充血严重的肉皮,很容易从头骨上分离出来。解剖动作几乎不费什么力气。瓦根施代特向他的学生传授道,死者的家属有权利要求看到一个完整的尸身,因此,应该从后脑勺入手下刀,把头皮推向额头,直到全部头颅打开。只有这样,才可以方便地锯开头颅,取出脑髓。之后,再把头皮拉下去,缝合,让死者保住头部的完整性。

"但是,今天无法按照这个方法进行,"瓦根施代特解释道,"半个头颅不存在了,剩下的半个也粉碎了。我们必须采取另外的方法缝合。我们需要找到子弹穿过头颅的弹道。"瓦根施代特接下来口述了一连串拉丁语名词,动作随名称先后展开,他顺着一只耳朵剪开,一直剪到另一只耳朵,去除掉还留在头骨上的残肉渣。从被踩得一塌糊涂的伤口中,掉出来一个弹头,落到不锈钢的解剖台上。另外两个弹头死死地插在头盖骨上,第四个弹头是通过左眼眶射出去的。瓦根施代特给高级检察官雷莫斯看这些铁块,说,"强烈变形,负责弹道研究的同事活儿不好干啊。"

接着,探头被用上了,这是些又细又长的小棒子,模拟几发子弹在头颅中穿过的弹道的走法。瓦根施代特把小棍子插进"皮肤孔穴"里,他把这些孔叫做进弹孔。它们把头骨撑开了几厘米。莱能想,此时这个头骨看上去多像巴洛克艺术中闪闪发光的圣像。瓦根施代特拍下照片,长时间里,闪光灯的电容器充电的噪音,成为房间里唯一听得到的声音。

尸体解剖又继续进行了一个小时,每一个伤口,每一处流血,每一块骨头脱落,都被测量和记录下来。被记录下来的还包括死者生前的疤痕,在双膝处各有85厘米长,右胳膊肘2厘米长,腹部有盲肠炎开刀留下来的6厘米疤痕,左胳膊肘上方有一道是7毫米长,下巴上有一条是9毫米长。

内脏也被一一取出来,先是观察,然后称重(脑子 1380 克,心脏 340 克,右肺 790 克,左肺 630 克,脾脏 150 克,肝脏 1060 克,右肾 175 克,左肾 180 克),大腿静脉、心房血液、尿液、胃里的积存、肝肺的纤维组织以及胆汁都被保存起来,踩踏的过程被尽可能地复原记录下来。鞋底的纹路也被拍下来。最后,瓦根施代特还口述了整个解剖的鉴定书和他做出的结论。雷莫斯博士站起身来,活动活动自己的腿脚。因为秘书处工作繁忙,这份报告的书面稿要在第二天才能送达给他。知道这个情况后,雷莫斯又朝尸体凑了凑。

刑侦处的两位警察最先离开了解剖厅。莱能说不出话来。他没有向众人告辞。两个警察中的一人穿了件蓝白条纹的衬衫。莱能就盯紧这件衬衫,开始数衬衫上一共有多少根条纹。除了这件衬衫,他一概视而不见,一路跟着这些条条,走到了外面。这时,他停下脚步,发现自己站在红砖建的法医大楼前的台阶上,中午的酷暑给了他当头一棒。他伸手在自己的夹克内兜里摸那个银色的香烟盒。刚才好冷啊,真是冻得够呛。他给自己点上一根烟,双手都在抖。雷莫斯站到了他身边,对他说了些什么。等雷莫斯都讲了好几句话了,莱能才开始听明白他在说什么:

"……事情再清楚不过了：所有的子弹都是从后上方射入。估计第一颗子弹是死者跪下来的时候打的，其他子弹是当他倒下去以后射的。没有任何自我防卫的迹象，罹难者一定是丝毫没起疑心。莱能先生，我很抱歉，但是目前我们拿到的一切信息，都统统指向谋杀。"雷莫斯脱下他的西装上衣，挽起了衬衫的袖口。他的衬衫领子被汗水染成了深色。"天哪，真热！"他说。

"是啊。"莱能说，他的嘴发干，舌头感觉毛茸茸的。

"您还是跟您的当事人好好谈谈吧，也许他想通了，愿意提供口供。在这种情况下，这么做对他来说应该还是比较有利的。"

"我会去跟他说。谢谢。"

莱能朝自己的汽车走去。一辆货运车堵在了停车场的出口。他找了出口边上一块让太阳晒热的斜板坐下来。周围很安静。一棵栗子树的花粉把路面和草地都染红了。日光打在炎热的柏油上，街道把天空反照出来，好像化成了一块水平面。莱能想，我还是把律师事务所的招牌摘下来得了，让这一切都见鬼去吧。

7

下午五点整,莱能摁响了马汀格事务所的门铃。接待来访者的前台设在所谓的"柏林屋",这个只带一扇窗户的房间,起着承前启后的作用,连接带侧翼的前厅和后面的房子。几位女秘书中的一位对莱能说,请他马上直接去见马汀格先生,他已经在等莱能的到来了。莱能敲了敲马汀格的门,等了会儿,什么也没听见,就径直走了进去。

房间里很暗,不比莱能的办公室大多少,一张简单的办公桌,桌后是一把带扶手的木头椅子,没有给客人准备的座椅,一盏黄色的灯,一台带拨号盘的黑色座机。墙壁用桃心木装饰起来,起隔音的效果,两侧的墙里嵌入了书架,两扇窗户前已经挂上了木质百叶窗。这个房间看上去像一间二十年代的办公室。办公桌上摆了一只大雪茄盒子,乌木做的,镶嵌了亮色的花饰。马汀格的脚搭在桌子上,正在打盹儿,他的领带滑下来,右嘴角流下口水来。他面前摆了几份红色的卷宗,莱能从卷宗上的名字看出来,这些是事务所里另几位律师的案子。马汀格抽搐了一下,醒过来,看见莱能,擦了一下嘴巴,站了起来。"您怎么样啊,莱能先生?"他问道。他身上没有酒气,可是闻起来有一股甜腻的气味,这是经常酗酒的男人身上带的味儿。"您看上去很累。"

"多谢。今天您已经是第三个这么说的人了。"

"那可能就是对的了。这儿太挤了,跟我来,咱们坐到阳台上去。"

"我挺喜欢您的办公室。"

"这是我三十年前从选帝侯大街的一栋楼里买来的,那栋楼要重新整修,处理些东西,我就把这套办公家具整体装进了这间屋子。据说这套办公家具曾经属于一位知名的公证人。"

"真不赖!"

"也许太暗了些,"马汀格说,"可是我已经待惯了。"

他们穿过两间大会议室,走到阳台上,在藤椅上坐下来。头顶上方支着遮阳棚。天刚下过雨,街道上蒸发着水汽。

马汀格去了趟会议厅,莱能听见他向秘书点了饮料。回到阳台后,他从西装上衣里掏出皮质的雪茄盒,这个盒子已经磨损得相当厉害。套在这身细条纹的西装里,马汀格也酷似一个从二十年代走出来的人物。

"您抽雪茄吗?不抽?遗憾。"从内侧衣兜里马汀格又掏出一支雪茄钻,慢慢地把雪茄头削好,把做好的雪茄再拔出来,用一根加长的火柴点燃。完成这一系列的动作都只能用一只手,可是看上去却一点不费劲。"莱能,我对您做了些调查。"

"是吗?"

"您完成了两个法律终考,是全年级刑事法的最优生,洪堡大学刑事诉讼法专业的教授助理,在法律专业刊物发表过十五篇论文。"马汀格吸了一口雪茄,接着说,"这十五篇文章我都拜读了,有的还真是一流水平。"

"十分感谢。"

"您收到不少聘书,不是留校任教,就是应招去当法官。您都没有接受。您非想当一名律师不可。您的教授认为您是一个出色的人才,但他也说,您我行我素、有些倔。"马汀格说着笑了。

莱能跟着笑了,但他感到有些窘,"我的教授连这个都跟您说了?"

"您的教授和我是老得不能再老的朋友了。我得了解清楚,我是在跟谁打交道啊。"

女秘书端来了咖啡和水。两人又聊到柏林和莫阿比特区的法官及律师们的一些轶事。说话的时候,莱能从旁看着马汀格吞云吐雾。渐渐地,莱能的神经松弛下来。

"那么,您最后是怎么决定的,莱能?您会为科里尼辩护吗?"

"我还是拿不定主意。之前我去看了尸体解剖。十分残忍。"

"是啊,尸体解剖从来都很残忍。不能把死者当人来看待。躺在解剖台上,他仅仅是科学研究的样本。一旦懂了这个道理,观看解剖甚至会变得很有意思。但要完全做到这一点,恐怕很难。"

莱能观察着马汀格。他的皮肤晒成了深棕色,额头上,深刻的皱纹纵横交错,眼角爬满了发白的鱼尾纹。莱能不记得是在哪里读过,尽管身带残疾,马汀格几年前曾独自驾驶帆船,从汉堡开到了南美洲。

"再说一遍。如果您决定还是为他辩护的话,您如何预测您的胜诉机会?"

"不怎么样。他衬衫上的血迹,手上开枪后的火药残留,武器和弹壳上都有他的手印,而且书桌和床架子上也都是。他本人让人给警察打的电话,直到被捕都坐在酒店大堂里等着。似乎不可能有另一个作案人。这样看来,……怎么说呢,为他做无罪释放的辩护几乎是不可能的。"

"也许您可以帮他从谋杀的指控降低到凶杀。"

"根据我目前对案情的理解,汉斯·迈耶是从后面被射杀的。这是谋杀的证据。但是,我对案情了解得还是太少了。还是要看科里尼的口供是什么。还有他会不会做口供。"

"作案动机是什么呢?报纸上说,大家都不知道他的作案动机。"马汀格突然朝莱能转过身来,直视着他。

他的双眼有种催眠的作用,莱能暗想。"您说得对。我也不知道。汉斯·迈耶是一个百分之百的正派人。我搞不明白,为什么有人想枪杀他。"

"您说他是一个正派人?"马汀格又转回身去,"正派人少得很啊。我现在六十四岁了,一辈子只认识两个可以称作正派的人。一个已经在十年前去世了,另一个住在法国的一个修道院里当僧侣。莱能,相信我,人不是非黑即白的……他们都是灰色的。"

"这句话听上去像挂历上印的醒世名言。"

马汀格笑了。"随着年龄的增大,挂历上的醒世名言会变得越来越真。"

两个男人喝着咖啡,沉浸在他们各自的思绪里。

"今天太晚了,"过了一会儿马汀格说道,"不过明天您应该去找您的当事人,问他还想不想让您当他的辩护律师。"

莱能知道,老律师说得对。他的当事人已经在监狱里待了好几天,可他莱能一次都没有问过他,为什么把汉斯·迈耶给杀了。随即他发觉,自己快要打盹了。"请您原谅,"莱能说,"我得回家了。整夜我都在工作,现在实在累过劲儿了。"

马汀格站起身来,把莱能送到门口。莱能走下这座十九世纪雄伟建筑物的宽大台阶,台阶上铺着红色的剑麻地毯,墙壁上装饰的是绿色大理石。走到最后一级台阶,莱能又一次转回身去,因为他没有听到律师事务所的门关上的声音。门依旧敞开着,马汀格站在门框里,注视着他离去。

8

"皇家拘留所"建于1877年。从建立之日到今天,经历了数次的现代化改建。这是一座三层红砖房,呈星状,中间用一个圆形的中央大厅连接各部分建筑。现在,这个建筑物的名称叫莫阿比特调查待审拘留所。一百二十年以来,犯人们被关押在这里,每个囚室都只有几平米大,里面有一张床、一张桌子、一把椅子、一个柜子、一个洗脸池和厕所。犯人法布里乔·科里尼的登记号码为284/01-2,第二站,145号囚室。玻璃隔板后的女公务员在名单上寻找科里尼的名字,莱能把法院的指定辩护人决议递给她看,她把他的名字也登记在一张表格上。科里尼从现在起可以接收莱能的信件了,而且,任何法官都不能对此进行检查。通过内部通话装置,女公务员呼叫狱警,请他把科里尼带来跟他的律师见面。

莱能站在一间律师会谈室的门口等着。狱警们领着各种犯人从他面前走过。狱警之间谈论起他们的犯人,就像在谈论一件东西:"你把你的带到哪儿去啊?我的刚看完大夫……"这些狱警不是看不起他们的犯人,大部分人连问都不问,他们管理的犯人犯了什么罪。他们使用的语言就是这种套路,从来也没变过。

法布里乔·科里尼从走廊那头走过来。莱能又一次对科里尼的身高感到迷惑,他完全看不到走在科里尼身后的狱警,因为全让科里尼给挡住了。他们一起走进会谈间。这个房间三分之二的面积给涂成了黄色油彩,里面摆了一张树脂面儿桌子,两把椅子,还安了一个洗脸池。在房间的正上方,极高处安了一扇小窗,桌上的烟灰缸是一个锡皮的空饼干盒做的,门边安了一个红色的报警按钮。房间里的气味混合了烟味、饭味和汗味。莱能在背靠窗户的椅子上坐下来,科里尼坐在他的对面。他穿了一件拘留所发的蓝色号服,刑侦科把他的东西都没收了。

莱能讲述了他跟汉斯·迈耶的朋友关系,同时观察着科里尼那张骨骼嶙峋的沉重的大脸。科里尼没做出任何反应。

"科里尼先生,我们必须把这一点解释清楚。您是否介意我跟迈耶家的友谊?"

"不介意,"科里尼说,"他已经死了,我不感兴趣了。"

"您对什么不感兴趣了?"

"迈耶和他的家庭。"

"但是,您可能面临谋杀的指控。您可能会被判处终身监禁。"

科里尼把双手搁到了桌上。"事情本来也是我干的。"

莱能凝视着这位巨人的嘴巴。这就对了,人是科里尼杀的。这个男人朝迈耶的脑袋一共开了四枪,都因为他,法医切开了自己的朋友,把他做成了一件标本。就是这个男人,把迈耶的脸踩烂了,一直踩到他自己的鞋跟都掉下来。莱能记得这张脸原来的样子,记得这张脸上的皱纹,记得他薄薄的嘴唇,也记得他的笑声。法律对我的要求太过分了,莱能心里想,我没有办法为这个人辩护,我简直都没法正眼看他。"可是您为什么杀了他呢?"莱能问道。他努力控制住自己的情绪。

科里尼观察着自己的双手。"我用的就是这双手。"他说。

"知道了,人是您杀的。但是您为什么杀他?您必须告诉我为什么。"

"我不想谈这件事。"

"那我就无法为您做辩护。"

房间的顶灯罩着钢丝网格子,丝网的影子打到黄色的墙上有些模糊。他们听见走廊上传来女公务员呼叫狱警的声音。科里尼从他胸前的衣兜里拿出一包烟,敲出一颗来,把它含到嘴里,"您有火吗?"

莱能摇摇头。

科里尼站起身来,走向洗脸池,又朝门边走去,再折回洗脸池。莱能明白了,科里尼是在找火,他突然心里很难过,自己没有火给科里尼点烟。

"您准备好了做一份口供吗?如果我们想从谋杀的指控降级,对法院来说,这至少是一个给您减刑的理由。您会做口供吗?"

科里尼又坐下来。他好像全神贯注地盯着光秃秃的墙上的某一点。

"您至少提供一份口供好不好?您只需说明,您是怎样杀死他的。只需说明怎样,不需说明为什么。您懂我的意思吧?"

过了很久,科里尼说,"行。"他只简单地说了"行"这个字,再无它话。他站起身来,"我现在想回房间了。"

莱能点点头。科里尼朝门口走去。两个人连手都没有握一下。整个谈话不到一刻钟就结束了。

狱警在门外等他,这是一个肥头大耳的胖子,他的浅棕色的狱警制服紧紧箍住他的大肚子,制服下端的扣子已经系不上了,露出里面的背心。他的目光只能平视到科里尼的胸部,他对空喊话道:"行嘞,咱们走人啦。"

科里尼和狱警并排走了,然而,当他们快走到走廊的第一道铁栅栏门时,发生了一件奇怪的事情。科里尼在走廊中间突然停下了脚步,他好像在花时间思考。"倒是走还是不走啊?"狱警问。科里尼不作回答,纹丝不动地立在那里,盯着自己的鞋子几乎看了一分钟。然后他深吸一口气,转过身来,朝莱能待着的会客室走回来。狱警耸耸肩,尾随着他。也不敲门,科里尼推门走了进来。"律师先生,"他说,莱能正在收拾自己的东西,抬起头惊讶地看着科里尼,"律师先生,我知道做这件事对您很不容易。我很抱歉。我只是想对您说声谢谢。"科里尼说着朝莱能点点头,他显然是不需要莱能的任何答复的。他再次转过身,朝走廊尽头走去,大步流星,不慌不忙。

莱能想回到给律师准备的出口。但他走错了方向,直到被一位女警官拦住,给他讲解了出口怎么走。找到出口后,他还须在防弹玻璃大门前等上几分钟,直到闸口被打开。大门上方的颜色已经斑驳。他看着狱警怎样检查来访者的证件,又怎么把姓名登记在册。这里是个不留余地的地方,男人们坐在号子里,等着判刑或被宣布无罪。这个世界里没有教授,没有教科书,也不设任何讨论环节。一切都是严肃而决绝的。他可以尝试,再次摆脱这个指定辩护人的活儿。他不必非给科里尼辩护不可,这个人杀死了自己的朋友。结束这件事情其实很容易,大家也都能理解。

走到街上,他叫了辆出租车回家。面包店门前的阳伞下,胖乎乎的店老板正坐在一把木头椅子上。

"您怎么样啊?"莱能问。

"天热儿,"店老板说,"可待在屋子里更热。"

莱能也坐了下来,把椅背靠上墙,眯起眼睛看了看太阳。他想到了科里尼。

"您过得怎么样?"店老板问莱能。

"我真不知道该怎么办。"

"有啥难处?"

"我拿不准是否应该为那个人辩护,他杀了一个我很熟悉的人。"

"可您干的就是律师啊。"

"嗯……"莱能点点头。

"您看,每天早上五点钟,我拉开窗帘,打开灯,等着工厂的冷冻车把货给我送过来。然后,我把那些面点推进大烤箱,从六点半开始卖面包,一卖就是一整天,要把送来的冷冻面点全卖光才行。天气不好的时候,我就坐在屋里,好天儿我就像现在这样坐在外头晒晒太阳。我当然最想自己亲手做面包,在一座真正的面包房里,用真正的烤面包机,里面放上真正的配料。但现如今这么做就是行不通啊。"

这时,一个女人领着一只斑点狗从他们面前经过,走进了面包店。店老板站起身,跟着她进去了。几分钟后,他又走回来,端了两杯加了冰块的水。

"您听明白我说的意思了吗?"店老板问。

"没全懂。"

"也许有那么一天,我又能拥有一家属于我自己的真正的面包房。我曾经有过这么一家真正的、自己动手做面包的面包房。离婚的时候给弄没了。现在我就干这么个活儿,目前能干的也只有这个,没别的了。事情就是这么简单。"他一口气喝光了整杯冰水,还咬碎了一个冰块。"您可是律师啊,律师就得做律师必须做的活儿。"

两人坐在阴凉地里看街上的行人来来往往。莱能想起了自己的父亲。父亲的世界里似乎一切都简单明了,那里不藏任何秘密。父亲曾尝试着劝他别干刑事辩护律师这一行。凡是干了这一行的,到头来都当不了一个问心无愧的人,因为这一行的水太混了。莱能还清楚地记得,有一次冬天跟父亲一起猎鸭。父亲开了枪,一只湖鸭直挺挺地倒在了池塘的冰面上。父亲的狗还年幼,没等父亲下达命令,自己就撒丫子奔了出去。它想把鸭子给父亲叼回来。可是,池塘中心的冰还很薄。狗一下子掉进了冰窟窿里,可是它毫不放弃,一路游过冰冷的湖水,愣是给父亲把鸭子取了回来。一句话没说,父亲脱下自己的大衣,用毛茸茸的里衬使劲地揉搓他的狗,直到把狗的皮毛搓干。然后,他把狗卷在自己的大衣里,抱着回了家。整整两天的时间,父亲跪在壁炉前陪着他的狗。等狗恢复了元气,父亲把它送给了村里的另一户人家。父亲说,这只狗当不了猎犬。

莱能对面包师说,也许他的话的确有道理,说完莱能就回到自己的公寓。晚上他给尤汉娜打了电话,告知她,自己别无选择,必须继续为科里尼做辩护,他的当事人终会认罪,而他莱能能做的,也就止于此了。两人通了很长时间的电话。起初尤汉娜很愤怒,然后变得无助,最后陷入了绝望。她总是不停地追问,这个男人为什么要杀她的祖父。她只用"这个男人"称呼凶手,并且一直在哭。

等尤汉娜问完了所有她想要问的问题,莱能问:"要我现在过来看你吗?"她沉默良久。在寂静中他听到她的那串木质手镯相互撞击的声音。

"可以,"尤汉娜终于说了,"但我还是需要时间来消化这一切。"

两人挂上电话后,莱能感到疲倦和孤独。

两周后,法布里乔·科里尼认罪了。坐落在凯特街的一栋老宅子里的审讯室很狭窄,里面摆了两张浅灰色的桌子,只有一扇窗户,带把儿的水杯里盛的,是温温的滤纸咖啡。科里尼坐的那把椅子对他而言实在是太小了。两位警官做了审讯前的准备工作,检察官的卷宗在桌子上摆放好了,要提问的页面上都贴了黄条儿。两位警官中年长的那位,是刑侦科的头儿,他的三个孩子都长大成人了,而他自己还有一个贪吃精致巧克力的弱点。三十六年的警察职场生涯没有把他变得愤世嫉俗,相反,把他磨练得相当淡定。在他眼里,被控告被审讯的也都是人,他让这些人畅所欲言,他则耐心倾听。另一位警官初来乍到,是从原先的缉毒部门调过来的,他还相当紧张。跟其他同事比起来,他上靶场很勤,每天早上都把鞋擦得锃亮,业余时间全花在了健身房里。

年纪轻些的警官给科里尼展示了一本图册,作案现场的照片贴在黄色卡纸上,死者的呈粉碎状的头颅被超高清地拍摄下来。莱能刚想提出抗议,年长的警官已经在告诫他的同事,没有必要这样做,科里尼不是已经认罪了嘛。年长的警官刚想把图册从桌上取走,谁知科里尼的大手一把摁了上去,把图册牢牢地压在了桌子上。当年长的警官松开手,科里尼把图册往自己这边拉了过来。他翻开图册,俯身向前,一张张仔细地看过去。他看得不慌不忙的,很长时间内屋子里没有一个人说话。全部看完后,科里尼合上图册,把它推回到桌子的另一边。"他死了。"科里尼说,说的时候眼睛只盯着桌子看。然后,他开始解释,他是怎样冒充记者,跟迈耶的女秘书通了电话,约了采访时间,他是怎样走进酒店的套房把迈耶杀死。当被问及杀人的武器时,他说是在意大利的一个跳蚤市场上买的。

莱能坐在他的当事人身边,有时他纠正某一个表述,因为警官要把这些话都笔录下来,其余时间他在一个本子上画小人。莱能对科里尼做好了事先的说明:被告总是可以选择沉默的,但是,一旦被告认了罪,法官则必须对他从轻判决。这不仅对谋杀如此,谋杀因此可以被判成终身监禁,而且对故意杀人罪而言,也可从轻判刑,只要你自首认罪。

两个小时过后,警官们对科里尼的作案过程已经没有更多的问题可问了。莱能站起身说道,审讯可以就此结束了。警官们感到很吃惊。

"别呀,我们还没有问到最根本的问题呢!您的当事人的作案动机是什么?莱能先生,我们现在必须谈到作案动机。"年长的警官说道。

"我很抱歉,"莱能保持着彬彬有礼的语气,他把本子放进文件包里,"法布里乔·科里尼已经对他的犯罪供认不讳。他没有更多可交代的了。"

警官们表示抗议,但莱能坚持己见。老警官叹了口气,也开始整理文件夹,他很清楚,对此已经无能为力了。可是,年轻的警官不想善罢甘休。第二天傍晚时分,当防弹警车把科里尼从审讯的地方押送回看守所的时候,年轻的警官坐到了警车后座的科里尼身边。他对科里尼说,他完全可以在律师不在场的情况下也开口交代。莱能先生是个好人,可太年轻,在谋杀案件中还没有经验。年轻的律师经常不能给他们的当事人提供合适的建议,反而会把事情搞得更糟。

科里尼看都不看这个警官一眼,他似乎在睡觉。可是,当警官试图向他更靠近,而且还省了他的姓,对他直呼大名时,科里尼向警官转过身来。就连坐着,科里尼都比警官高出一个半头。他向警官探下他巨大无比的头颅,低低地吼了一声:"滚!"

警察出溜到了押送车的另一角落,科里尼又把身子后仰回去,重新闭上了眼睛。剩下的车程一片静默,而且从此以后,只要他的律师不在场,再也没有任何一位警察胆敢跟科里尼说话。

其实早在审讯之前,常规的案件调查工作就已经展开了。警察们尽其所能,试图对科里尼这个人做出一个兜底的调查。早在五十年代,科里尼作为外籍工人从意大利来到了德国。在斯图加特的奔驰公司他开始了学徒生涯,并在那里完成了学徒期,出师了。直到两年前退休为止,他一生都留在那里工作。在奔驰公司的人事档案页中,他没有任何不良记录。对他的评语是,他对自己要求很严,十分可靠,极少请病假。科里尼一生没有结婚。三十五年来,他都住在碧博林根的同一间公寓里,这是一座五十年代建成的公寓楼。有时,人们会看见他和一位女士同行,在邻居们眼里,他安静而友善。他没有前科,碧博林根的警察局没有听说过这个人。调查人员还从他以前的同事那里得知,他每年的假期都是和他的亲戚们一起,在意大利的港口城市格努阿度过的。但是,意大利的警察局里也没有任何有关他的记录。

预审法官签署了对科里尼的公寓进行搜查的搜查令。可是在那里,警察们还是一无所获,他们找不到任何能跟谋杀挂钩的痕迹。税务局里,科里尼的记录也都合规合矩,没什么可说的。通过法律协助搜寻,警察们试图在意大利找到行凶武器的线索,但是,就连那把手枪也从来没有被罪犯使用过的记录。

尽管执法人员仔细地追踪了每一条线索,然而,调查了整整六个月之后,他们又回到了起点:他们手里有一名受害人,一名认了罪的凶手,除此之外,一无所有。负责调查此案的刑侦大队长定期向高级检察官雷莫斯提交报告,但到最后,大队长只剩下耸耸肩膀。他说,从作案流程来看,此案应属复仇类型,可是,他实在找不出受害人和凶手二者之间有任何关系,科里尼成了一个幽灵。当科里尼拒绝了对他做精神病理的鉴定后,警察和检察官都一筹莫展,不知调查还能怎样继续进行下去。

高级检察长雷莫斯给了刑侦科足够长的时间来处理这

个案件。有时候,在调查过程中会冒出些意想不到的东西,微小之极,却最终揭开一切谜底。进行案件调查是要有耐心的,而且态度要放松。可是,这个案件却毫无进展,死水一潭,跟案发第一天掌握的信息没有区别。雷莫斯已经等了好几个月了。最终,他坐回办公桌前,把所有的文件重新细读了一遍,写下了总结按语和起诉书。对科里尼因谋杀而进行起诉,当然是不需要了解他的作案动机的。如果一个被告什么都不说,这是他自己的事儿,谁也不能强迫他。只是雷莫斯不喜欢留个缺口的案子。他希望自己办的案子都清清楚楚,这样他能确切地知道自己做对了事,可以放心安睡。

这天晚上,在他离开办公室以前,雷莫斯把卷宗和起诉书放进了一个木质的文件格子里面。这种归类文件的办公家具是普鲁士人发明的,带数个格子分层,是他的办公桌的一个辅助部件。第二天早上,这些文件会由一位狱警来领取,行话叫"送达文书"。起诉书上会盖上大印,有人会把文件送到州法院的收发室,法庭会给这套文件颁发个号码。雷莫斯已经完成了自己的工作,案件会一步步往下走流程,从现在开始,这个案件就脱离他的掌控了。可是,走在回家的路上,他的心里很是不安。

科里尼被捕后的几个月里,卡斯帕·莱能的律师事务所运转得不错。他的名字上了几次当地的报纸,他有了自己新的客户:他接手了六起毒品案,一桩诈骗案,一家公司的侵权案,一个酒馆的打架事件。莱能工作得很认真,他特别拿手的,是如何向证人取证。这段时间里,他办理的每桩案子都获胜了。渐渐地,他在莫阿比特区的法律圈子里赢得了口碑,大家都认为,他的确是一名让人信得过的辩护律师。

他每周一次去看守所看望科里尼。他的当事人从来没有表达过任何愿望,也从来没有抱怨过什么。科里尼总是那么安静而有礼,只有当莱能问及他的作案动机时,他保持沉默。虽然莱能不断地向他解释,这样下去没有办法为他做有理有据的辩护,可是,科里尼总是默不作声,顶多有时候说一句,谁也改变不了什么了。

在晚上,马汀格和莱能常在马汀格事务所的阳台上聚那么一个小时。老律师抽着他的香烟,给莱能讲一些七十年代发生过的大案子。莱能很愿意听他讲。关于科里尼案件,两人都只字不提。

9

起诉书送达到莱能律师事务所的两天后,尤汉娜打来电话。她的声音听起来有些陌生,她说他们两人必须谈谈,莱能是否能来一趟慕尼黑。莱能开着他父亲送给他的旧奔驰,从柏林一路开到慕尼黑。在慕尼黑的马克西米连大街上的四季酒店门前,他停了车,麦耶集团在这家顶级酒店长期为客户租了两个房间,窗户朝向主街,昂贵的视野。

约好了下午在迈耶机械制造集团的总部见面。会议厅里摆放了一张很大的椭圆形核桃木会议桌,窗帘是绿色的,这一切莱能都再熟悉不过。小时候他常和迈耶待在这里。他在这张桌子上吃过东西,读过书,在这里等着老先生来接他。此时,尤汉娜坐在那里,坐在她祖父坐过的位置上。莱能向她走过去,亲吻了她的面颊。她很严肃,看都不看他一眼。码在陶瓷盘子上的小甜点没人去碰。

集团的法务负责人是个小个子男人,动作有些急。他讲话的时候,袖扣总是敲在桌面上发出响声。听了五分钟,莱能就明白了,这次会见纯属无意义。法务负责人什么都不了解。他只是在那里解释,他们把公司的档案查了个底朝天,可是什么都没有找到,连一张跟科里尼有关的账单都没有。法务负责人总是不断重复在这类会谈中惯用的那些句式:"我完全同意您的意见。""我们尽快做出决定。"以及"让我们保持联系。"他之所以邀请莱能到慕尼黑来,是因为他想知道,作为被告辩护人的莱能,打算怎样为他的被告辩护。当他了解到,莱能和他自己一样一头雾水,他们之间的谈话很快就结束了。

莱能穿过街道步行回到酒店。他的行李已经被送到了房间。他脱下衣服,进了浴室。他把淋浴的水龙头开到很烫,直到皮肤发疼。慢慢地,他放松下来。当他光着身子走回房间时,发现尤汉娜站在窗前,她一定有这个房间的第二把钥匙。尤汉娜把窗帘拉开了一道缝,往下看着大街,在暗蓝色的天幕下,她成了一个剪影。他一言不发地走到她身后,她沉默地向后靠住他。她的头发撒在了他的胸前。他伸出双臂环抱住她,她轻轻地抚摸着他的双手。窗外下了雪,众多的汽车无声地在地面滑行,有轨电车的顶部都白了。不知什么时候,他拉开了她的连衣裙拉锁,让裙子顺着她的肩膀滑脱下去,同时解开了她的胸衣。楼下,街对面的商店里走出一个男人,手里拿着买的东西,滑了一个趔趄。男人试图站稳,但不得不把手里拿的大包小包松开,好几包橙子掉在了雪地里。卡斯帕亲吻着尤汉娜的后颈,她的脖子是温暖的,她拿住他的手摁在了自己不大的胸上。她则把手伸到后面,按摩着他的身体。街上的那个男人把掉到地上的包一个个捡起来,招手叫了辆出租车。尤汉娜转过身来,她的嘴半张着,卡斯帕吻了她,发现她的双颊都是湿的,他尝到了盐的味道。她用双手捧着他的脸,捧住,有那么一会儿,两人都静静地站着。然后,尤汉娜又把身体转向了窗户,双手撑着暖气罩,把腰低低地弯下去。他闯进了她的身体,眼里是她的肩胛骨,她雪白的皮肤,她后背上薄薄的几乎透明的皮肤,一切都是那么脆弱、不堪一击,与此同时,他们终于在一起了。

过了好长时间,两人躺在床上,疲倦而不再欲望勃勃。他们聊到了菲利普,聊到了萝思谷和他们的夏天,聊啊聊,直到最后一个词渐渐变得模糊。睡梦中,卡斯帕把手握成了一个拳头,似乎他想紧紧抓住那些要飘逝的东西。

他醒得很早。尤汉娜仰面躺着,头枕在臂弯里。她均匀而恬静地呼吸着。莱能长时间地注视着她,然后,他起床,在光线暗淡的房间中穿上衣服,给尤汉娜写了张纸条,把房门极轻地关在身后。酒店的大堂里挤满了人,有一个产品推介会,很吵。

他走到外面,坐上一辆有轨电车。车里的乘客都面带倦色,有的坐着打盹儿。车窗玻璃从里面被哈气哈住了。他在提涡里街这站下了车,横穿过"英国花园"和雪地,朝小黑塞洛尔湖走去。离主街不到一公里的路,可谓市中心的中心,他突然看到了这个湖,湖上水鸟众多,有绿头鸭、秧鸡、灰雁、斑头雁等,尤其显眼的是一大群乌鸦。小时候父亲教过他关于鸟类的知识。父亲说,乌鸦知晓天下事。莱能拨掉一张公园凳子上的雪,坐下来,久久地看着这些鸟禽,直到脸冻僵,肩膀也发硬了。

傍晚时分,他去集团总部接上尤汉娜,开着他的车去了萝思谷。两人想在汉斯·迈耶的私人文件里再找找线索和答案。萝思谷距离慕尼黑只有一个小时的车程。然而,当他们到达目的地时,这里看起来却完全像是另一个世界。房屋和花园散落在茫茫雪野里,泛着冬季特有的蓝光。他们的车开过圆形花坛,直接停在了房子的台阶下。潘莫仁克女士是迈耶家的最后一位女管家,她给他们开了门。下台阶的时候,她的步履有些晃,眼里含着泪拥抱了尤汉娜。然后她说,"唉,卡斯帕,见到您又回家来,我太高兴了!"她把大壁炉生好了火,又说,厨房里准备好了晚餐,他们只需把饭热一下就行。交代完这些后,潘女士回到了设备间边上自己的房间里,不久,尤汉娜和卡斯帕就听到了从她房间里传出的电视的声音。

尤汉娜和莱能穿过一个又一个房间,里面的家具和灯都蒙上了白布。木头套窗都关着。房子里又冷又静。只有藏书间里的落地钟在滴答走动,看来还是有人每天给它上发条。书房里,灯光从窗帘的缝隙里探射出来,在书桌上投下一道宽宽的影子。汉斯·迈耶每天都坐在这里读报纸。报纸须事先在厨房里熨烫好,这样拿在手里才挺括,而且报上的油墨也不会把手染黑。两人一动不动地站在这个房间里,都直盯着书桌发愣。还是尤汉娜先动起来,她紧紧抱住莱能,拼命地吻他,莱能觉得,她这样做好像是为了确定他们俩还是活人。

他们把书桌上蒙的布掀开,发现两个抽屉都没有上锁,里面只有不同规格的信纸和与之相配的信封,一套具备收藏级别的铅笔,两支老式的羽毛墨水笔,一个老式录音机,里面的磁带是空的。书架上立着无数的文件夹,都有条不紊地标注了文字进行分类。资产负债表,家庭开支记账簿,邀请函、商务通信集、私人通信集,分别按照年代和字母排序。两人坐在两个墨绿色的沙发上,翻看着一本本相册,就连相册也是按照年代整理好的。莱能想起来,他和菲利普以前也是这么翻看这些相册的:家庭聚会、出游、意大利度假、非洲的野生动物园,奥地利的高山狩猎。照片上的大部分面孔他们都认识。尤汉娜找到一本标题为《卡斯帕·莱能》的相册。汉斯·迈耶在这本相册里贴了莱能的不少获奖证书。这些证书是莱能小时候寄给迈耶的:联邦青少年体育竞赛、自由泳和三十分钟跳水连游考试,寄宿学校的高山滑雪竞赛亚军。后来,汉斯·迈耶请公司里的法务部把莱能在法律学术刊物上发表的论文和判决书都给他搜集了寄过来。这些文章都夹在透明的塑料封套里,搜集在文件夹中。有时候,迈耶会在一个句子下划上横线,或者在一个段落后面画上一个问号。

几个小时后,两人都觉得饿了。他们走进厨房。晚餐有烤牛排,面包是厨娘为他们现烤的,还温着。他们俩都轻声说话,因为在黑暗中话音听起来有些不对劲。尤汉娜谈起了她的婚姻。她说,父母去世时,她的丈夫是在场的。他每一天都陪着她,保护她,使她不至于孤独或寻死。可是日子一长,一切就变回平淡无奇。从某一天开始,她受不了在早餐的时候看见这个人,不过她知道,等到吃晚饭的时候,这个感觉会消失。可是,吃早餐的时候她实在无法忍受看见这个人。她坚持了两年,之后就再也坚持不下去了。现在,两人早就各过各的了,她住伦敦,他在剑桥。生活进行得完全不像她设想的那样。

晚些时候,他们拉下了罩在三角钢琴上的布。尤汉娜弹着钢琴,可是音很久没调,已经不准了,在空屋子里听起来空洞而奇怪。又过了一段时间,他们上楼去尤汉娜当年的闺房。他们盖了好多层被子,在这些被子堆成的山下悠长地做爱,极尽亲密,互相感受着对方皮肤的暖意。莱能不由想到扒在救生筏上逃生的人。此时他明白了,他们并不相爱,这个概念对他们毫无意义,他们就是这样罢了。

他醒来时,以为又像从前那样听到了早晨的狗吠和餐厅里餐盘碰撞的声音。有那么一瞬间,菲利普站在了屋子里。他的样子看上去,跟他每天这个时候的尊容没有两样:脸色苍白,头发乱糟糟的,穿着睡衣,睡袍敞着不系上。菲利普嘴角叼着根烟,笑着朝他招手。莱能坐到窗台上。夜晚又下了场雪。玻璃回廊前深色的起重机上也盖了雪,它的大老吊好像让井口里的冰给冻住了。

　　第二天上午,尤汉娜和莱能在储藏室和地下室又翻检了个遍。他们打开每一个文件夹,无论是放在柜子里的,还是塞在纸箱子里的。可是他们没有找到任何跟科里尼案件相关的东西。之后,尤汉娜把莱能送到他的车前。开出花园的大门之前,他又一次转身回望,后车窗的玻璃被露水打湿,把尤汉娜的影像弄得模模糊糊的。她斜靠着房子大门前的一根白色廊柱,仰头望着明亮的冬季的天空。

10

第12号刑事大审判庭是柏林州法院八大审判庭之一，它受理了科里尼的谋杀诉讼案。每当进行重大案件的庭审，开庭当天都不再接受新证据的提交申请。只有一名精神病理专家被批准参加庭审，以便对科里尼做出鉴定。接下来的几天，出庭作证的证人名单也不长：酒店的客人、几个酒店工作人员、审讯员以及警官、法医和一名凶器鉴定专家。法庭的审判长是位女法官，她认为，到目前为止，所有步骤和进展都一目了然，因此，她把主要开庭时间定为十个开庭日。

电视新闻里，大家能看到马汀格出场，他总是说着同样的话："案子将由法庭决定。"他看上去友好而智慧，穿着三件套的深色西服，系着银色的领带，头发也是银色的。等各台摄像机关闭后，他给记者们解释案件的关键点在哪里。媒体开始报道马汀格以往办过的案子。其中一桩尤带传奇色彩：一个男人被他的太太因强奸罪告上了法庭。警察掌握了通常情况下都该掌握的证据，女人的大腿内侧血肿，阴道内发现了他的精子，一切严丝合缝，铁证如山。这个男人之前也因人身伤害罪被判过两次刑。审判长一丝不苟地问询了原告，两个小时内所有细节均被涉及。最后原告的律师说，他们没有其他问题了。然而，马汀格不相信这个女人。他提出的第一个问题是："您打算承认自己在撒谎吗？"女人予以否认。马汀格从 11 点钟开始提问，问到晚上六点还没有结束的意思，法庭只好改天继续开庭。审判长请原告的律师走到法官席前，他建议被告认罪，这样在判刑上可以从轻。马汀格的声音大了起来："您难道看不出来这个女人有多糟糕吗？"在下一场开庭辩护中，马汀格继续追问，天天如此。结果是，这个女人必须五十七天之久站在证人席上回答他的问题。到了第五十八天的上午，女人承认，她是出于嫉妒才要把她的丈夫弄进监狱里去。马汀格提出的最后一个问题和第一个问题一模一样："您打算承认自己在撒谎吗？"这回女人点了头。被告被宣布无罪释放。要么就是马汀格对不公正零容忍，要么就是他对输官司零容忍。反正有一条：他绝不放弃。

这些天，老律师每个晚上都坐在他的办公桌前，从选帝侯大街上能看到他的灯光。然而今天，在第一个开庭日到来前，他感到自己老了。他不想上床睡觉。他的夫人在十五年前去世。尽管如此，他每天早上在将醒未醒时，都会伸手去摸她睡觉的位置，每次都会惊一下，发现她没躺在那里。夫人过世时，他就坐在她临终的床上。她先是下腹部患了癌症，之后转移到淋巴，到了最后，医生们说任何希望都没有了。几个星期中，她的气味已经发生了变化，用了太多的药，打了太多的吗啡。他坐在她的床上，握着她的手，一直坐到最后一刻，只要心电图上还有那么一点点波动，他就坐在那里。医生们不得不通知他，任何生命迹象都检测不到了。她死的那一刻，他感到了轻松，可是日后，他为自己深感羞耻。在病房里，他站起身，打开窗户。医院楼下的大街上，别人买了东西回家，手挽着手走着，有的人在打电话，有的人在吵嘴，有的人在说，有的人在笑。马汀格想，他再也不属于那些人了。

此时，他点燃了一根雪茄，又朝他的那堆文件俯身下去。当他凌晨两点关上办公室的灯时，他几乎已经能把所有的文件背下来了。

这个夜晚，卡斯帕·莱能也是醒着的。他在自己的事务所里忙到凌晨三点半。他的办公桌上堆满了一摞摞的纸,他把卷宗归了类,一堆是证人的证词,一堆是专家鉴定书,一堆是警察的报告书,还有一堆是作案现场鉴定。莱能找啊找,可他不知道自己到底在找什么。他知道有一个小小的细节被忽略了。在某一个地方一定藏有一把揭开谋杀谜底的钥匙,让真相大白,让世界恢复正常运转。莱能抽了很多烟,心里紧张,而且他也害怕。在办公桌旁边的小桌上,放着汉斯·迈耶的国际象棋棋盘,古旧的棋子被分别摆在一个个纸堆上。莱能想到了尤汉娜,她在一个自动照相亭里拍的四张黑白照片,用透明胶条贴在了办公桌的台灯罩上。她明天会来法庭,尤汉娜要亲眼看到杀死她祖父的凶手。他打量着照片,才觉出自己有多么累。莱能找到他的文件夹,只是把起诉书放了进去,明天他还不需要其他东西。然后,他把象棋里的白色国王塞进裤兜,穿上大衣,拿上律师袍搭在胳膊上,离开了办公室。

夜空里一丝云都没有,天有些冷。他想到,明天有审判长和两位审判员,两位陪审员,一位检察官,一位诉讼代理人和他自己,将因为一位被告而在法庭上出庭。八个人,八种不同的人生经历,每个人都携带着自己的愿望、恐惧和偏见到场。他们将遵守刑罚程序条例而行事,这是一条古老的法律,规定了整个法庭的流程。人们已经写了数百种专著来研究这个刑罚程序条例,只要跟四百多项条款中的一项不符,判决就不能成立。莱能路过马汀格的事务所,抬头去看他的窗户。老律师说过,每一场诉讼都是为正义而战的斗争,制定律法的先人们就是这么规定的。所有的条例都是清晰而严密的,只有当人们尊重这些条例,公正才得以伸张。

在选帝侯大街上,广告灯箱前站着妓女们,其中一个来跟莱能搭讪,他很客气地拒绝了,径直穿过夜晚的柏林往家走。

早上六点,法院的法警就要开始在各个大厅里穿行,他们必须把不同的开庭公告贴到不同的门上去。这些公告上写着,被告何人,几时开庭。一圈公告贴完,法警们通常需要一个小时。法院共有十二个审判庭,十七个楼梯间,每天举行三百场案件审理。莫阿比特区最大的法庭,是在高大的双开门上写着500字样的那个,法警在门边用大图钉贴了唯一的一张公告:

"第12号刑事审判庭,即重大刑事案件审判庭——法布里乔·科里尼谋杀案的诉讼——9点开庭。"

11

"请来杯咖啡。"卡斯帕·莱能睡得很少,可他的身体里充满了肾上腺素,头脑清醒异常。他正坐在法院边上的"片刻咖啡馆"里。大家都进这家咖啡馆,他们有自己做的蛋糕和德式三明治。有人说,其实片刻咖啡馆才是刑事法院的中心地带。每天,这里坐满了律师、检察官、法官和鉴定专家,大家在这里讨论案子,在这里达成各种协议。

"没问题,您今天来的可够早的。"服务员说,这是一个漂亮的土耳其姑娘,柏林法院的圈子里流传着关于她的各种版本的故事。

莱能八点钟就进了"片刻",离开庭还有一个小时。在法院前面的人行道上,各家电视台已经支起了摄像机,摄像车停满了半条街。摄像师们穿着厚实的大衣,电视记者穿着单薄的西装,大家都站在严寒里。大些的电视台已经拿到了在法庭现场拍摄的许可证。就连"片刻"里也挤满了记者,他们都试图摆出一副心里跟明镜儿似的样子来。

一群年轻的检察官走进了咖啡馆,莱能认识他们中的几个,是在做见习时的熟人。有些经久不衰的笑话,讲的是富裕的律师和贫穷的公务员检察官。莱能听说,在检察院的经济犯罪科,没有出现任何出人意料的情况。

莱能喝完咖啡,跟大家告了别,检察官中的一位拍了拍他的肩膀,祝他好运。在收款台付了咖啡的钱,他穿过大街走进了法院大门。他给门卫亮出自己的证件,被从参观者排的长队旁放了进去,来到了法院的中庭。每次来,他仍然被这里的气势所震撼:这个大厅有三十米高,堪比一座主教堂。台阶两侧的石雕,自上而下咄咄逼人地注视着来者,他们代表六个寓意的化身,分别为宗教、正义、好斗、和平、谎言以及真理。在这里,被告和证人应该感到自己的渺小,感受法律的威慑力量。甚至每一块地砖上烫有 KCG 的字样,这是"皇家刑事法院"的徽章。莱能从大厅的侧翼乘坐一个不显眼的电梯到了二楼,步入 500 号大厅。

尽管这是一个相当普通的工作日,但是,旁听席上密密麻麻地坐了一百三十多名观众。各大媒体蜂拥而至,以致留给记者的席位需抽签才能拿到。莱能心想,记者们会失望的,因为像这种大案子,开庭的第一天,基本上只是宣读一下起诉书而已。

虽然情况如此,所有的大报还是把自己的通讯员派了过来。这些面孔莱能一个也不认识。大厅里有四个摄影团队在走来走去,他们拍着他们能拍到的镜头:堆积如山的文件,法典,当然还有法布里乔·科里尼。他坐在辩护席后面的一个玻璃罩子里,几乎不易被看到。这些都是电视里的画面,没有解说词。

高级检察官雷莫斯博士坐在靠窗的席位上,他看了一下表。他面前放了一叠很薄的红色卷宗,除了起诉书,里面什么也没有,今天的程序里也没安排其他内容。今天将会是一个很短的诉讼日。与检察官用一个玻璃隔板隔开,是马汀格的位置,他作为受害人的诉讼代理人出庭。

莱能走到自己的座位上,从文件夹里拿出起诉书,把迈耶象棋里的白色国王棋子摆在了自己的桌子上。尤汉娜是最后一个入场的,这样她不必跟媒体纠缠。看着尤汉娜坐在法庭的另一边,莱能几乎不能忍受这一情景。

九点刚过,书记员就冲着麦克风宣布:"请全体起立。"等所有的观众及诉讼参与方都站起来后,法官席后面开了一扇小门。莱能知道,门后是调解室,里面摆了一张长条桌,椅子,一部电话以及一个洗手池。

第一个步入法庭的是审判长,她的左手略有些颤抖。她站到了法官席五把高背椅的中间那把椅子前面,她的左右两侧各站了一位审判员,最外侧是陪审官的位置。除了陪审官,其他几位都身着黑色法袍。他们都保持站立,注视摄像机有三四分钟之久。"好了,女士们先生们,现在够了,请你们退场吧。"审判长语气友好地说。一个法警打开了审判庭的大门,另外两名法警张开双臂,把摄影师往外赶:"你们都听到了审判长的话,请现在就离开法庭。"渐渐地,法庭内变得安静下来。

"被告已经被带上法庭了吗?"审判长问她右边的书记员。书记员也穿了一件黑袍,这是一位年轻的女士,把头发拢在一起扎成一个马尾巴。

"带来了。"她说。

"好,那我们现在开始。"审判长停顿了一会儿,然后把麦克风拉向自己。"现在我宣布,在12号刑事大审判庭公开审理法布里乔·科里尼先生一案,诉讼程序正式启动。各位请坐。"

随后,审判长对诉讼参与方一一作了确认,朗读了法院合议庭的组成名单,询问了科里尼的年龄、职业和家庭状况。然后,她转向高级检察官,请他作为公诉人宣读起诉书。雷莫斯站起身来,宣读了这个不长的文本,宣读时间加起来不超过一刻钟,但足以将谋杀过程清晰地描述出来。审判长解释道,本法庭决定受理该起诉,并将之纳入主审程序。审判长向科里尼作了详细解释,他有保持沉默的权利。书记员在电脑中做了如下记录:"被告被告知了他的权利。"之后,审判长直接对莱能发问:"辩护人先生,您肯定已经和您的当事人交流过了。被告有什么要说的吗?"

莱能打开自己面前的麦克风,一个小红灯开始闪亮。

"没有要说的,审判长女士。科里尼先生暂时将不做任何表态。"

"暂时是什么意思?被告将在以后进行表态吗?"

"对此我们还没有做出决定。"

"这也是您要告知本庭的吗,科里尼先生?"审判长问及被告。科里尼点了点头。"那好,"审判长一边说,一边挑高了眉毛,"那么,我们今天就没有其他的内容要进行了。下次开庭审理的时间为下周三。诉讼各参与方均将出席。本次庭审到此结束。"她用一只手挡住麦克风,又说:"雷莫斯博士先生,马汀格先生,莱能先生,请留下。我需要在休庭后跟你们谈一下。"

莱能朝科里尼转过身去,想跟他道别,可是科里尼已经站起身向法警走过去了。过了差不多一刻钟,审判庭里的人才走完。当诉讼程序参与各方的成员单独聚到一起时,审判长说:"先生们,我们大家都知道,这是一场不同寻常的诉讼。受害人八十五岁,被告六十七岁,他从未有过前科,一生过得毫无瑕疵。尽管调查进行了极长的时间,但作案动机仍不得而知。"她用严厉的目光看着高级检察官雷莫斯,对检察院工作的批评袒露无遗。"我想告诉各位,我不喜欢任何节外生枝的情况发生。如果辩护人、检察院或是诉讼代理人打算还要提交什么申请或做什么解释,现在就是机会,请现在就面呈本庭。"

法官们、雷莫斯和马汀格都把目光投向莱能。再清楚不过了:他们都需要了解科里尼的作案动机,而且都在等着莱能犯错儿。

"审判长女士,"莱能说,"您知道,您和各位都比我资深许多,您也知道,这是我参与的第一个重大刑事案件。因此,请您原谅我冒昧地请教您,我是否正确地理解了您的意思:您现在是想从我这里得知,科里尼先生将怎样为自己辩护?他刚刚在庭审中告知您,他将暂时选择沉默。您现在难道是想从我这里获得更多的信息吗?"

审判长不由得笑了,莱能也回之以微笑。

"我看出来了,"女审判长说,"我们不用担心被告将得不到很好的辩护了。那么,我们现在就谈到这里。我祝各位日安。下周三再见。"

雷莫斯在整理他的文件,莱能和马汀格一起朝法庭大门走去。马汀格把他的手搭在莱能的小臂上。

"干得好,莱能,"马汀格说,"咱们现在要对付媒体了。"他简短地向莱能点了一下头,随即打开了法庭的双推门。无数摄像师的闪光灯一下子把他们的眼睛照花了。马汀格站在了摄像机灯光的光海里。虽然他的脸是棕色的,此时看上也无比苍白。莱能听见他不停地重复着:"女士们先生们,请大家等待诉讼程序的发展。我很抱歉,现在无可奉告。请大家耐心等待。"

莱能从这一大堆记者身边挤了出去。

法院门前,尤汉娜坐在一辆出租车里等他。他们让司机开到夏洛腾堡宫殿,两人各从各的车窗往外看,他们不知道该说什么。阳光下还是暖和的,可是宫殿后面的公园是埋在阴影里的,风也凉。路上有一位老妇人给鸟撒食,这些鸟食应该还是冬天里没用完的吧。

"乌鸦从不乞食。"莱能没话找话地说。

他们肩并肩走了很久,彼此无话。尤汉娜的鞋底对碎石子地而言实在太单薄了。茶亭的天蓝色铜顶在阳光下熠熠生辉。从施普雷河上传来游船扩音器的喇叭声。先前的那位老妇人坐在公园的椅子上。她戴着不分指的红色羊毛手套。喂鸟的纸袋子已经空了。

突然,尤汉娜停下脚步望着莱能。第一次,他发现了她的右眉毛上方有一个小小的疤痕。"我冷,"尤汉娜说,"咱们回去吧。我明天一大早就要飞伦敦。"

莱能现在住的公寓,还是他在做见习期间租下来的,他懒得搬家,公寓的大小对他也够用。这是典型的柏林老房子,一室一厅,墙面镶瓷砖,极高的屋顶,木质地板,带浴缸的卫生间比较窄小。几乎每一面墙都摆了书架,没书架的地方也到处是书,躺在地板上,沙发上,椅子上,甚至浴缸沿儿上也是。尤汉娜到处仔细打量。在几本书中间还立着一个木雕的佛头。另一个书架上摆了一个生了锈的东非的矛头,走廊里挂了两幅铅笔素描,那是萝思谷的果园。在窗户那面墙上悬挂了几幅照片:他的父亲戴着绿色毡帽,他的母亲站在守林人的屋前。在一个银色的镜框里有几个男孩子站在寄宿学校的大楼楼梯上,尤汉娜认出了卡斯帕和菲利普。

他们喝了咖啡，身体慢慢变暖。两人聊了聊尤汉娜在伦敦的生活，她的朋友圈子和她就职的拍卖公司。不知什么时候，她把身子探过桌子，莱能捧着她的头，亲吻她，不小心把一个装面包的盘子碰掉了，摔在铺了地砖的地上，碎了。莱能想到，明天一早她就要走了，回到伦敦，回到她的另一种生活中去，那是他不了解的一种生活。

大约五点的时候，他醒过来，房间里还很暗。尤汉娜光着身子，坐在阳台门前的地板上。她曲着双膝，头支在膝盖上，在哭。莱能下了床，给她的肩膀披上一条毯子。

第二天上午，莱能开车送尤汉娜去机场。那里，人们在重逢和告别，那里没有摧毁童年的刑事诉讼程序。尤汉娜吻了他，穿过检票口，在一面障眼的玻璃墙后消失了。他很害怕失去她，心情就像当年失去了菲利普一样。突然，他周围的一切都绕着他黏糊糊地转动起来，椅子，地面，人群和噪音，一切都变得陌生，瓮声瓮气的，灯光也不对劲了。一个年轻的女孩子拖着带轮的拉杆箱撞上了他，他连闪身躲开的机会都没有。在机场大厅里，莱能站了足足十多分钟，一动不动。他从外部打量自己，就是那么一个陌生人，他跟这个人只有种模糊不清的连接。又过了一段时间，他方能强迫自己双手交叉。他尝试着记起自己手指的形状和大小,缓缓地,他终于恢复过来,变回了自己。他走进厕所,洗了把脸,从镜子里长久地注视自己,直到对自己的感觉又回来了。

在机场的报刊亭,他每种报纸都买了一份,坐在停车场的车里翻读。地方小报都把这个案件当做头版头条的抢眼新闻报导。一个处理违章停车的女警察敲了敲他的车窗,告诫他不许在这里停车。

12

在头五个开庭审理日,法院倾听证人和鉴定专家们的陈述。女审判长每次都做了充分的准备。她按部就班,一丝不苟地进行提问,她的态度显得不偏不倚。没有什么让人感到意外的情况,证人们做的陈述,都是他们已经向警察们陈述过的内容。高级检察官雷莫斯几乎不提什么问题,偶尔他会补充一两点。

马汀格是整个场面的主宰。法医是被听证的第一个鉴定专家。马汀格向瓦根施代特教授询问了射击的角度,子弹进入和射出的伤口,具体位置的标记,间距以及踢伤的情况,他请法医就着照片一一解释各种细节。莱能看到,陪审官看到解剖的照片时,是怎样被恶心着了,这些图像会留在他们的记忆里挥之不去。马汀格用人人都能听懂的语言提问。每当瓦根施代特教授使用了一个医学术语,马汀格就要求他做出翻译和解释,每当法医找不到恰当的日常词语来解释时,马汀格就要求他用简单的词汇来描述他要表达的意思。两个小时后,坐在法庭里的每一个人,都认清了一个凶残无比的人的面孔,他强迫一个毫无自卫能力的老人下跪,然后从老人的后脑勺开枪射杀他。整个过程中,马汀格连一次都没有提高音量,他的脸上也没有显著的表情。老律师安静地坐在他的席位上,提出简简单单的问题,他显得很放松,让每个听众在自己的脑海里去生成一幅幅画面。

这样过了五个庭审日以后,诉讼程序的剩余部分就显得只需走完流程了。审判长的态度一直保持友好,扎着马尾辫的书记员越来越经常地向莱能投去同情的目光。媒体的兴趣逐渐麻木下来,每次来法庭的记者人数都在减少。报纸上的言论,渐渐都倾向于把科里尼当做一个疯子看待。到了第六个开庭日,两位陪审员中的一位请了病假,她得了重感冒。审判长宣布诉讼休庭十天。

莱能已经很清楚他将输掉这个案子。每天晚上,他都坐在律师事务所里翻阅那些文件。证人的证词他已经读了上百遍了,他也读了上百遍解剖报告书,专家们做的各种鉴定书以及刑侦科的警官们做的旁注。他办公室的墙上贴满了作案现场的照片,他每天都瞪着这些照片看,可就是看不出什么问题。这一天也跟平时别无两样。到了十点钟,他啪地关了办公桌上的台灯。看着他抽的烟在烟灰缸里慢慢地燃尽,房间里一股烧焦的过滤嘴儿的味道。马汀格说过,他应该好好琢磨,答案永远都藏在文件里,你要做的,就是把它读出来。"怎么为一个不想为自己辩护的人做辩护呢?"莱能思考着。

他想起来,自己忘了给父亲打电话,祝贺父亲的生日。他看了一眼表,在半昏暗的房间里拨通了电话。父亲听起来跟往常一样,他说,他正在擦枪膛,他一整天都在外面忙,在他守护的那片林区转,还清理了饲料槽。

莱能放下电话后,觉得自己又闻到了父亲擦枪的机油的味道。他闭上了眼睛。突然他蹦了起来,打开灯,奔到贴了作案现场照片的墙前。第26页,第52号照片:"作案工具:瓦尔特P38手枪",一个警官在照片下面写了这么几个字。莱能仔细端详这把手枪,他从办公桌上拿了个放大镜。他太熟悉这个武器了。随后,他又一次拨通了父亲的电话。

第二天早晨,莱能从柏林搭乘火车去了路德维希堡市。他找到了一条线索,虽然还十分模糊和细微,可这毕竟是一条线索啊。在路德维希堡火车站,他向一位出租车司机打听地址。司机说,路不远,走都能走过去,当然他很乐意开车送他。出租车里有一股百里香和百藿香的味道,反光镜上挂着一串法蒂玛之睛的珠子。在这座曾是军队驻地的小城,房子沿街一字排开,被粉刷成了黄色和粉红色。这里的一切看上去整齐而规矩。司机问莱能是从哪儿过来的,又说自己的女儿在柏林上大学,柏林应该也是一座不错的城市吧,跟路德维希堡差不多,就是大点儿而已。汽车开过市政厅和宫殿,在一座位置比较靠后的房子前停了下来。莱能下了车,穿过小广场。他的左手边是从前的城门,当年入城用的一个古老大门。后来,这里变成了坟堆,再后来,这里还被当作孤儿教养所使用了一些年。这座高高的建筑物,朝街的一面比较窄,以前被当地居民称作"炮楼"。多年来它被当成监狱,老城墙还立在那里。直到2000年,市政府迁址搬进了这座楼里,莱能要去的地方就是这里。

门禁有些接触不良,莱能必须冲着扩音器吼几遍自己的名字。然后,嵌在古城墙里的大门自动打开了。莱能穿过建筑物里面的院子,站到了一扇铁门前头。门是开着的。从这里望进去,就是政府部门通常的样子了:塑胶地板,日光灯管,墙纸是粗粝的,门把手是铝制的。在入口处的传达室前,摆着装矿泉水空瓶子的塑料筐,穿蓝色制服的公务员态度友好,他的工作内容颇为乏味。一切都是陈旧的,甚至有些破烂，但没人对这些感兴趣，也没人觉得这地方该装修一下了。一个彬彬有礼的瘦长个子的男人接待了莱能，把他领进了二层楼的阅览室，给他讲解了一下使用方法。莱能是通过电话注册的。他根本没有一个搜索的出发点，他掌握的，只有一个人名和一个国名。他本以为一切都是白费功夫，谁曾想，联邦政府的公务员居然在一百五十万张登记卡里找到了他要找的信息。他预订的文件此时就躺在明亮的桌子上，十四份灰蓝色的文件壳，整整齐齐地码在桌子上，每一份上都标注了说明文字。旁边的那张桌子，有一位年长的妇女坐在那里，她的脸几乎看不到，因为她在眼前举着一张纸，脑袋从右向左转，扫描似的识别纸上的文字。她不停地摇头，间或还叹口气。

等那个彬彬有礼的男人离开以后，莱能都顾不得坐下，就拿起了第一份卷宗。他有点犹豫要不要打开。从窗户向外望去，他能看见公共汽车站。一个中学生跟他的女朋友在街上调皮，他们笑着，互相推搡，又亲吻到一起。莱能终于脱下了夹克，把它挂在椅背上，然后坐下来，从卷宗里抽出一沓发黄的薄纸来。

晚上，他在火车站边上一家便宜的酒店里租了个房间。整夜里，他都得听货车没完没了的开过的声音，交通指示灯的光一直打到房间里,一会儿红,一会儿又变绿变黄。他在路德维希堡待了五天。每天早上八点,他做一个短途的散步。他买了一份旅游手册,从里面了解到,这座城市的历史就是一部战争史。1812年,符腾堡州的军队约一万六千名士兵,为拿破仑而战,最后在俄罗斯几乎全部阵亡。一战中,"老符腾堡军团"的一百二十八位军官和四千一百六十位士兵战死在"尊严的土地上",有一块石雕的战争纪念碑记载了他们事迹。1940年反犹太人的纳粹军国主义电影《邪恶的奥本海默》就是在这里拍摄的,因为贪污国库和教唆大公爵的历史人物、犹太人约瑟夫·巨斯·奥本海默曾在这里生活过。

莱能坐在阅览室里,他桌子上的卷宗一天比一天堆得高,他做的笔记一页又一页,写满了一个又一个本子。而且,他还要求做大量的复印,阅览室的工作人员都有些抱怨了。莱能每天工作到晚上,中间舍不得停下来休息,眼睛布满了血丝。开始的时候,这些文件对他来说十分陌生,他几乎看不懂他读的东西。但渐渐地,情况发生了根本的变化。在这个巨大的光秃秃的阅览室里,这些故纸堆活了起来,都伸出手来抓他,夜里,他的梦里也全是这些文件。返回柏林时,他瘦了四斤。莱能抱着装满了复印件的纸盒子进了事务所，又抱着这堆纸盒子回到自己的公寓，拉上窗帘，整个周末都待在床上。到了星期一，他去拘留所看望科里尼。七个小时后，当莱能离开监狱时，他知道了什么是他必须做的事情。

13

重新开庭的头一天是马汀格的六十五岁生日。莱能一直在事务所里忙着准备第二天的辩护材料,去晚了。他只好把他的旧车停在离马汀格家老远的地方。一路走过各种豪车排成的长队,他来到马汀格家的地界,给一位保安人员看了邀请函后,进了院子。

马汀格邀请了八百多位客人。他的房子坐落在一个湖边,湖畔的大草坪上搭了一个帐篷,一支乐队在演奏爵士乐,无数的风灯装在彩色的玻璃灯罩里,安插在两个大露台上、草丛中和船坞上。马汀格租了一艘大船,时不时地停靠一下船坞,把客人载到湖上去流连一阵再送回岸上。

莱能认出了几位演员,一位电视女主持人,一个足球运动员,一个明星美发师和一家银行的董事长,此人两天前刚从审讯所被放出来。莱能从自助餐席里拿了点吃的,他已经有两天几乎没怎么吃东西了。乐队表演得不错,莱能有那位女歌手的CD。他听了一阵演唱。音乐间歇时,他去找马汀格,可是没找到,他就走上了船坞。船坞上摆着宽大的沙滩筐椅,椅子上准备了白色的靠垫,风灯的光亮弱弱地勾勒出沙滩筐椅的轮廓。这里只有他一个人。万湖上笼着雾。对这个季节来说,天气实在有些太凉。有几艘船在湖上缓慢地飘荡。坐落在斜坡上的马汀格的住宅灯火通明,大房子的倒影投在了湖面上。莱能把晚礼服的领子立了起来,从口袋里他掏出他父亲给他的银色打火机,点燃了一根香烟。湖水拍打着船坞的木桩。

"晚上好,莱能先生!马汀格说,如果您来参加生日晚会,估计也就在这里能找到您!看来,他可真够了解您的。"

莱能坐着,把头转过去。来人是鲍曼,迈耶集团的法务负责人。他的手里拿了一只酒杯,身着立领的晚礼服衬衫。就连在夜色中他的脑袋也是红的。莱能站起来,跟他握了握手。鲍曼坐在了莱能旁边的另一只沙滩筐椅上。

"马汀格的房子真美啊,"鲍曼说,"我很期待看湖上烟火。"

"很可能雾太大了,未必能看得好。"莱能说。

"也许吧。案子进展得怎样了?"

"谢谢您想着。"莱能说。他不想聊这个。他又把目光投向幽暗的湖面深处。

"我想给您提一个建议。"鲍曼说。

"提个建议?"

"是这样的:您的当事人会判多少刑,对我都无所谓。甚至半点所谓都没有。"鲍曼翘起二郎腿。

"这当然是一个很正确的态度。"莱能不喜欢这场谈话。

"我就敞开来说了,莱能先生:我们都知道您去了路德维希堡。"

莱能看着鲍曼。

"您就放弃辩护吧。这对您来说是最好的。"鲍曼说。

莱能不做声。他等着。

"您知道,我也曾经是一名律师。我太知道了,我们是怎么咬牙切齿要办案子的,我们又是多么野心勃勃。我们孤注一掷地做一个案子,是因为我们相信,这才是天底下最重要的事儿。如果您是随便一位小律师,我也就不说这些了。可是,不管怎样,从某种程度上看您都是属于迈耶家族的啊,您有远大的前程,您……"

"我怎么样?"

"……您完全可以从这场辩护中脱身。迈耶集团会支付一名任选辩护人来为被告辩护,我们已经有了人选,这人也愿意接这活儿。这样一来,您就等于自动退出了,不必打理这个被告了。"鲍曼的语气自始至终没有变化,他听起来依然是十分友好的。现在大船往回开了,离岸十分近,隔着大雾都能听到船上的人在说话。一个女人在尖叫,随之又大笑。路标灯照亮了船坞,光亮反射到了鲍曼的眼镜片上。

"行了,鲍曼先生,您还是好好享受这场晚会吧。这里不是谈这件事情的地方。"

鲍曼的声音听起来有些发紧,好像他要费很大力气才能把话说出来。"您听着,我们并不知道您在路德维希堡发掘到了什么东西……我们也不想知道。但是我们非常在意的是,这个案子必须速战速决。它只要还有一天出现在公共视野里,对公司都是很大的伤害。"

"对此我无能为力。"

"您可以改变局面啊。"鲍曼的呼吸加重了。"您就不要再提供任何新材料了,就让整个案件审理自然而然地走到头儿,无声无息的,您明白我的意思吧?"

"我为什么要这么做呢?"

"我方会跟法院打招呼,告知他们,我们将同意给被告从轻判刑。"

"我认为,这不起任何作用。"

"还有,我们会为您在这个案件中的大力配合支付一笔补偿金。"

"为什么?"

"我们会支付费用的,而且将会是很大一个数目,为了让案子尽快了结嘛。"

莱能需要那么一会儿时间。他的嘴发干。那些人做出了决定,用钱来购买一个人的过去。

"您会支付一大笔钱,让我放弃为科里尼做应该做的辩护?您真是这个意思?"

"这是集团董事会的建议。"鲍曼说。

"尤汉娜·迈耶知道你们的这个建议吗?"

"她不知道。这纯粹是公司和您之间的事情。"

莱能想到,这一切都只能表明,他们害怕了。他到目前做的事情都做对了。但是掌握了这一点并不能使他满足。

"您就别犹豫了……"鲍曼的大红脸被一艘船的探照灯短暂地照亮了一下。"……您瞧瞧您目前的状况:办公室缩在一个后院里,开的车都跑了十五年了,您办的案子,不过是整天跟些小商小贩和在餐馆里打架的混混儿们治气。跟我们关系不错的一家银行,最近在杜塞尔多夫遇到点麻烦,这可能会是战后最大的一宗公司内幕诉讼案。如果您愿意,您可以出任其中的一位被告的辩护律师。办这个案子能挣一大笔钱:纯律师费就是每个工作日2500欧元,还不含其他费用。光主审程序就得走一年,算起来至少有上百个工作日。如果您想接这个案子,我们会帮您拿到。我们还可以给您介绍其他的客户。请您考虑一下,莱能先生。您此刻要做的决定,将影响到您剩下来的一生的走向……"

鲍曼还在继续说着,可是莱能已经听不进去了。大雾变得更浓重,风也起来了。莱能听到他的头顶上有一只绿头鸭飞过的叫声,但是隔着雾,他看不见鸭群。他打断了鲍曼:"我不接受您的建议。"

"什么?"鲍曼没有装,他是真的大吃一惊。

"您什么都没搞懂。"莱能站起身来,轻声说道,"再见。"他从船坞走回草坪上的帐篷。他听见鲍曼在身后叫他。湖上的大船正在掉头,灯光把岸边照亮了。帐篷前,一些来宾男着晚礼服女穿长裙,冲着船上的人们举杯。空气中飘着一股柴油和腐物的味道。

莱能从帐篷外面走过,上了通向豪宅的台阶。马汀格站在一间灯火通明的房间里,胳膊搂着他的女朋友。女友冲着湖面指指点点,而马汀格却朝另一个方向看去。莱能考虑了一下,他是否应该走过去告别,然而,他觉得楼上的人实在太多了。他走回了自己的汽车。当他打开车门时,烟花开始绽放。他坐在引擎盖上,抽了支烟,就这么看了会儿放烟花。

回到家,他的公寓里很闷。莱能打开窗户,脱了衣服,躺在床上。"一个辩护律师该做的就是辩护,不多一分,也不少一分。"这是马汀格的话。这句话应该对莱能有所帮助,可它此刻就是帮不了他任何忙。他又想到尤汉娜,想到第二天,从明天起,对法布里乔·科里尼的诉讼案才算正式拉开帷幕。

14

这是第七个开庭日。审判长宣布开庭,检查了所有应该出席的人员悉数到场,然后说,她很高兴她的陪审员女士恢复了健康。

"对全体在场人员我做出以下通知,昨天被告的辩护人向我报告,他将为他的当事人进行辩护。鉴于我们今天的议程没有其他安排,我批准他现在宣读辩护词。"她把脸转向莱能:"您这边有无变化?"

"没有,审判长女士。"

"那好,辩护律师先生,有请。"审判长把后背靠在了椅背上。

莱能喝了口水。他看了一眼尤汉娜。昨天,他在电话里告诉尤汉娜,今天的局面将会非常可怕,但是只能这样,别无选择。他安静而挺直地站在他的演讲台后面,开始宣读辩护词。莱能用缓慢而柔和的语气,几乎不对任何词汇或句子做出强调。每个坐在法庭里的人都能感受到,这位年轻律师在办理他的第一桩大案时的那份全神贯注。法庭里只有他的声音,其他什么都听不到,除了莱能翻页的响声。他很少抬头看人,如果看,就是先看审判长,然后扫视到每一个人。莱能用法庭特有的那种错落有致的语调做他的辩护报告,他陈述的,全是科里尼讲给他听的以及他在路德维希堡的档案里发现的内容。然而,在他朗读辩护词的过程中,在他一字一句讲解那段凶残暴烈时,法庭里发生了变化。人物、风景和城市出现在人们眼前,语句变成了画面,活生生的,很久以后,一位旁听的观众说,他从法庭的现场,都能闻到科里尼童年时代的田园和草地的味道。但对卡斯帕·莱能而言,事情的变化却是另一种:多年来,他听教授讲课,研读法律和法律释义,他尝试着理解刑事诉讼是怎么回事,但直到今天,直到他自己登台辩护,他才真正明白了刑事诉讼的目的——为了那些被迫害被压制的人们。

"Ite,missa est——祝你们走向和平。"牧师的声音沙哑而友善。

"Deo gratias——感谢我主上帝,"合唱团里的十一个孩子齐声回答。他们都留在座位上不动,没有一个人敢马上跑开。当然了,每周日在教堂做完礼拜后,还要上两个小时的沟通课,这对孩子们来说是一场折磨。老头儿虽然很会讲故事,有的故事也挺有趣,可是他太严厉了,法布里乔已经挨过几次戒尺的鞭打了。终于,老人打开了门,笑着说:"走吧走吧,都给我出去。"孩子们跑到学校的走廊上,跑进十一月的冷天里。法布里乔跨上他的自行车,对其他孩子喊:"明儿见。"就骑车飞奔起来。他要骑十七公里,才能回到他家的农庄。一到家,他就马上脱下那身别提多蠢的西装,换上他的山林大盗的衣服,也许还有点时间去趟老磨坊,跟别的孩子们一起玩。

这是1943年11月14日,法布里乔·科里尼九岁。他是他父母农庄上一头牛、四只猪、十一只鸡和一只猫的君主。他还是最赫赫有名的统帅,自行车赛车手和马戏团的明星演员。他已经目击过一架飞机失事,见过两个士兵尸体,他拥有一架望远镜,一辆自行车和一个带鹿角把柄的折叠刀。除此之外,他还有一个比他大六岁的姐姐,这个姐姐总是烦他。不过,现在最重要的事儿是他饿了。

法布里乔从树林中抄了近道。在科里亚村和他父亲的小农庄之间,横着一个小山丘,在周末,这里是情人们郊游的好去处。人们可以从这里鸟瞰四周景色,总是很静谧。四个月前,盟军到达了西西里,墨索里尼被推翻,还被抓了起来。国王任命巴多格里奥元帅组阁军事政府,过了没多久,在盟军和新成立的意大利政府之间就达成了停火协议。在希特勒的命令下,1943年9月12日,德国空降兵把墨索里尼从一家山间酒店给解救了出来,两周以后,他又当上了新成立的政府"意大利社会共和国"的头儿,这是一个受德意志帝国保护的法西斯政府。法布里乔对这些事情知道得很少。当然他很清楚,现在是战争期间,三年前,他的两位叔叔在意大利对希腊的征战中阵亡了,但是,他几乎想不起他们长什么样子。他的父亲当时哭了。战争就是疯狂,法布里乔记得,他听到的这个词"Follia",疯狂,他不知道这是什么意思,但是父亲当时不停地重复这个词,法布里乔明白了,这一定是非常可怕的意思。现在,穿着军装的德国士兵到处都是。有时,格努阿的亲戚会到他们村子里来,带来消息说,德国人会把工厂里的东西全部运走,他们就什么都不剩了。男人们的脸色都很阴郁。尽管大人们当着孩子的面想隐瞒什么,可他们还是会悄声说起游击队和袭击的事情。他们大人的游戏不叫"大盗和宪兵",而是叫"游击队和德国人"。有时候,父亲会在晚上穿上他的灰大衣,戴上贝雷帽,亲亲他的两个孩子的额头后,离开农庄。法布里乔听见姐姐会在这些夜晚里哭泣,他喊她,她就走进他的房间,悄悄地告诉他,爸爸是游击队员。母亲在生法布里乔的时候过世了。

法布里乔爬上山顶后,和往常一样,都要停下脚步站一会儿。从这里,他能看到父亲的农庄,家里的房子和小小的谷仓。他飞快地跑下山。当他踩到到农庄的铺路石时,他姐姐正站在家的大门口。她身上还穿着上教堂穿的黑裙子,在哭着。法布里乔跳下车,自行车倒在一边。他朝姐姐跑过去,姐姐把他紧紧地抱住,不断地重复:"他们把爸爸抓走了。德国人把爸爸抓走了。"法布里乔也开始哭起来。孩子们就这样长时间地站在那里,法布里乔还想问姐姐什么,可是姐姐不跟他说话。

过了一段时间,两人松开对方,走进厨房,姐姐机械地站在灶台前,往平底锅里打了两个鸡蛋,还切了面包片。法布里乔吃饭的时候,姐姐碰都不碰自己的盘子。"等你吃完了,咱俩去找毛罗舅舅,他一定知道该怎么办。"姐姐说。毛罗舅舅是母亲的哥哥,他没有孩子,是个很强硬的人,也是家里唯一的亲戚。他的农庄离这里有差不多十公里的路。姐姐抚摸着法布里乔的头,望着窗外。突然她跳了起来,喊道:"快跑,法布里乔,他们又来了。"法布里乔听见突突突的摩托声,从窗户里他能看见德军的军车,这是一辆野战车,风挡是可以放下来的,发动机罩上挂着一个备胎。驾驶舱里只坐了一个士兵。"快跑,快跑啊!"姐姐喊起来。法布里乔被姐姐的恐惧吓着了。他跑过院子,藏进了大狗窝里,这个狗窝多年都空着没用了。他把自己卷进一条又硬又有好多破洞的脏毯子里。从木板的夹缝里他能看见野战车的车轮,看见军靴,军靴站了一会儿不动,旋转,朝屋子的方向走过去。过了一会儿,他听见姐姐的尖叫声。他控制不住自己,从狗窝里爬出来,朝家里开着的大门口跑去,一脚踢开了厨房的门。

姐姐后背躺在厨房宽大的饭桌上,头冲着门。她的裙子被撕破了,白色的内衣卷到了粗糙的罩裙上。那个男人站在她的两腿之间,脱下自己的裤子,衬衣和军上衣还系着扣子。法布里乔认识军服,这是一个没有任何军衔的普通士兵,他的脑门上有一条很长的粉红色的疤。他用手枪顶住姐姐的胸脯,手枪上了膛,他的手指扣着扳机。姐姐的额头裂了一道伤口,血从伤口里流下来。手枪的枪把上粘着姐姐的头发,那个男人脸通红,喘着粗

113

气,流着汗。

　　法布里乔叫起来,他叫的声音很大,超过了农庄里发出的任何声音,是唯一的一个高声。在他大叫的时候,下面的一切都在同一时间发生了。那个士兵吓了一大跳,抽出身来。女孩脖子上戴着一条她母亲送给她的金项链,坠子是镶嵌了圣母玛利亚像的珐琅。子弹卡壳了,项链在女孩子的脖子上弹跳起来,缠住了手枪。士兵把手枪往自己这边拉,阻力反射到枪栓上,子弹出膛了。弹头射穿了女孩的脖子,撕裂了主动脉,扎进了饭桌的桌面。女孩去抓自己的脖子,鲜血从她的双手中咕咕地涌出来。士兵踉跄地向后倒,滑了一跤,摔在地上。法布里乔还在尖叫。眼前的画面让他产生了错乱感:子弹冒出青烟,勃起的阴茎,饭桌上的血。一切都停顿下来,世界不再运动。然后,他看见了父亲的棕色烟盒。它还像往常一样待在厨房的架子上。每天晚上,父亲都在晚饭后卷两支烟,一边抽着,一边和孩子们聊天。法布里乔看见了油漆过的木质烟盒上的那两个印第安人,他们围坐在篝火边,一副安详到永远的样子。他不再喊叫。士兵坐在地上,手枪躺在他的双腿间。他直愣愣地盯着法布里乔看。士兵的眼睛像水,淡蓝,淡到几乎无色。法布里乔还从来没有见过这种眼睛,他像被吸住了似的无法移开视线。就那么站在那里,他往男人水一样的眼睛里看。直到那个男人动了一下,他也才能活动自己的身体,终于他明白,为了活命,他必须跑。

法布里乔从厨房跑出去,穿过院子,在湿漉漉的石子路上滑倒了,磕在右膝盖上。父亲知道了会骂他,把周日做礼拜才穿的裤子给磕破了。他跑过狗窝和村子,冲进松树林,上了小窄桥,一直跑啊跑,穿过林中路,跑到平坦的地方。他不知道自己跑了多久,他可以不停歇地一直跑下去。终于,他看到了舅舅的农庄。舅舅的房子跟父亲的很不一样,又大又宽,矗立在一个高地上。一条松树搭成林荫道引领着,通向舅舅的房子。房子的大门没有上锁,法布里乔在入口处几乎撞进了他舅妈秋丽雅的怀里。他喘不上气来,说话结结巴巴的,直到舅舅和他的两个伙计也走过来,他才慢慢安静下来。舅舅终于听懂了他的话。他从柜子里取出火枪,开车离开了农场。

舅舅回到家时,已经是夜里了。他坐在门前的台阶上,望着黑暗处发呆。外面已经很冷了。法布里乔朝舅舅走过去。舅舅抖开一条羊毛毯子,法布里乔坐在舅舅身边的羊毛毯的里子上。舅舅用胳膊搂住他的肩膀。他的身上有股烟火味儿,脸和两手上全是煤灰。从厨房窗户里透出来的黄晕的光,照在舅舅的脸上,法布里乔看见,在他蒙着黑煤灰的脸颊上有两条湿乎乎的凹槽。

"法布里乔,我的孩子。"

"舅舅,我在这儿呢。"他说。

"你们家被烧掉了。你的姐姐死了。"

"她也被烧掉了吗?"

"烧了。"

"全被烧了?"

"全被烧了。"

"你看见她了?"

毛罗舅舅点了点头。

"那些牲畜呢?他们也被烧了吗?"

"牛被烧死了。别的牲畜我就不知道了,"舅舅说,"也许它们现在跑到林子里去了。"

法布里乔设想了一下牲畜们待在林子里的景象。它们一定会受冻,还会挨饿。尤其是那些猪,它们总是觉得饿。

"它们可以跟野猪交朋友。"法布里乔说。他看着眼前舅舅粗糙的大手。这双手长得跟爸爸的手不一样,比爸爸的手大,比爸爸的手毛多,比爸爸的手颜色深。这双手闻起来也是另一种气味。

"你的姐姐跟你说,是士兵们把你父亲抓走了?"

"是的,姐姐说,是德国士兵把爸爸抓走了。"

"她说抓到哪儿去了吗?"

"没有。"法布里乔说。

"明天一大早我就开车去格努阿。"舅舅说。

"可是他们为什么把他抓走了?他做了什么不好的事吗?"

"没有,"舅舅说,"他做了正确的事。"法布里乔感觉到,舅舅的肌肉紧绷起来。

"你会把他接回家吗?"过了一会儿他又问。

"我们得看那些人怎么说。"他把法布里乔搂得更紧了,"从现在开始,你跟我们住。"

"那,上学怎么办?我明天得去上学吗?"

"不,"舅舅说,"明天不上学。"

"那些牲畜也会进天堂吗?"

"这我不知道,孩子。动物是不分好坏的。"

两人坐在那里,舅舅把毯子拉上去盖住了法布里乔的头。羊毛十分暖和,可是扎得他的脖子发痒。

第二天,毛罗舅舅开车去了格努阿。他穿上了他最好的西装,秋丽雅舅妈给在格努阿的亲戚准备了八十个鸡蛋。当舅舅的汽车开动时,法布里乔和舅妈站在台阶上,冲他挥手告别。接下来的几天,年长的伙计打理农庄里的活儿,年轻的伙计去地方警察局报了案。法布里乔家里养的鸡,在几天后回到了烧塌的院墙,一头猪被舅舅的伙计在林子里找到了。牧师来看望法布里乔,给他带来了巧克力,还送给他一个玫瑰花环,上面扎了一个银质的小十字架。

毛罗在城里待了四天。当他回到家里时,他看上去十分疲惫,他的鞋把脚挤坏了,西装歪斜在肩膀上,布满了斑点。大家都围坐在桌前,舅舅在桌上摊平了一张纸,说,人家不让他去见法布里乔的父亲,但他现在知道,他被关在哪里了。桌上的纸看起来像是一份官方文件,很薄,盖了两个章,一个左上角,一个右下角,这是纳粹的十字徽标,上面还印有"安全局"的字样。毛罗舅舅说,对纳粹党卫军来说,游击队员是很特别的犯人。他慢慢地读出了父亲的名字,读的时候用手指划过一个一个的字。每读完一句话,大家都七嘴八舌地讨论一番,试图搞明白这些官文的意思。纸上还写了监狱的名字,监狱设在格努阿的马拉细区。两个伙计点点头,把头缩进了肩膀。最后,舅舅读到,对父亲的抓捕,是米兰安全局的分部下的命令。舅舅读出了管理这些囚犯的军官的名字,这是一个德国人,舅舅费力地试图把这个德国名字用正确的发音读出来。纸上写着:"党卫军冲锋队陆军上校汉斯·迈耶。"

15

"党卫军冲锋队陆军上校汉斯·迈耶。"莱能说。500号大审判庭里的有些观众大喘了一口气,媒体席位那边变得蠢蠢欲动,有几个记者站了起来,给他们的编辑部打电话。

"汉斯·迈耶。"莱能重复了一遍,声音很轻,好像是他在对自己说话。他向审判长转过身去。

"审判长女士,如果不麻烦您的话,我想在下一个庭审日再继续宣读辩护书。我的当事人状态不佳,我本人,老实话,也精疲力竭了。"

莱能知道,女审判长十分生气。仅筹备这场诉讼就花了好几个月的时间,而就当前情形看,要想在接下来的三个庭审日内了结这桩案子是根本不可能的了。当然,辩护律师完全有权利如此行事。不过,莱能很高兴,审判长没让人看出她的不快。她不愿让陪审官对被告这方提出异议。

"那好,辩护律师先生,也到午餐时间了。我们可否得知,您为您的当事人做的辩护书,还需要用多少时间来进行宣读?"

从她的话音里,莱能当然能听出来批评,但这对他已经无所谓了。"我肯定还需要一至两个审理日的时间。"他说。他知道,他下面要说的一句话将会登在明天的报纸上。他几乎能感觉到,法庭上的氛围在发生怎样的逆转:法布里乔·科里尼不再是一个疯子,不再是那个在毫无动机的情况下射杀了一位卓有成效的企业家的杀人犯。"审判长女士,接下来我还会公布一些出人意料的资料,对此我已经做了充分的准备。"

观众席上又起了一阵喧哗。

"那么,我们今天的开庭就到这里结束吧。下一场庭审将于下周四上午九点在本庭继续进行。诉讼参与各方均受邀出席。再见。"审判长和她的审判员及陪审官起立,从法官席后面的一个门退场。高级检察官雷莫斯把他的椅子往后一推,发出了很大的响动,他从法庭正门出去,没跟任何人打招呼。法警打开了观众席的门,要求所有人离场。大约过了十分钟,最后一位观众才离开法庭。

尤汉娜仍然僵直地坐在原告对面的条凳上。她脸色苍白，嘴唇失血无色。她望着莱能，好像从来没有见过他似的。他站起身来，朝她走去。

"请把我从这里带走。"她喃喃地说，虽然已经没有别人听得见她的话。

记者们等在法庭前面。一个法警帮助莱能和尤汉娜，为他们开了一扇小门穿出去，从那里记者们无法跟踪。莱能不想通过法院的大堂，他领着尤汉娜顺着长长的走廊进入车库。老奔驰没有马上打着火。

"你想去哪儿？"他问。

"随便，只要离开这里就行。"

他开过市区，往屠湖方向开。她坐在他身边哭，他一点办法都没有。在一条林中路边上，他把车停住，两人在树林里走了一小段路。

"你为什么之前什么都没说？"她问。

"我想保护你。你知道了，不是就必须通告马汀格嘛。"

她停下脚步，使劲抓着他的胳膊。"你真的相信，这一切都符合事实吗？"

他等了一会儿。"咱们要去湖边吗？"他说。他又想了想，终于说："是的，一切都符合事实。"其实，他宁愿自己说出来的是另一番话。

"你为什么要把一切都摧毁掉?"她问,"你的职业如此可怕。"

他不做回答。他想到了汉斯·迈耶。他几乎感觉到,老人是怎样抚摸他的头顶。小时候,孩子们跟着迈耶一起去钓鱼,钓上来的鳟鱼放在火上烤,只用抹上黄油和盐就可以吃了。菲利普和莱能躺在草丛里,迈耶坐在一个树墩子上,裤腿高高卷起来,脚上蹬着胶皮靴。莱能想起了树木的墨绿色,想起了小溪的墨绿色,在那条小溪里他们钓着鱼。老人抽的香烟,温暖的烟气和夏日的炎热,这一切都不再是那么回事了。一切都将不再是那么回事了。

莱能下了坡朝岸边走过去。他捡起一块石头,在空中划了几个圈,把石头平平地甩向湖面,石子在水面蹦了三次,然后沉向湖底。

"是你的祖父教我这么扔石子的。"他说,说完又扔了一块。当他转回身去时,尤汉娜早已走开了。

16

在下一个庭审日,观众席和媒体席都坐得满满当当。审判长简短地向诉讼参与各方略表致意。随即,她朝莱能的方向点了一下头,说:"请讲。"

莱能站起身来。过去的一周,他每天白天在监狱里度过,晚上回到办公桌前。他很欣慰,事情进展到了目前这一步,更多的他也办不到了。在去法院的出租车上他睡着了,司机不得不把他叫醒。他把文件放在演讲台的斜面上。开始朗读时,他很清楚地意识到,今天他要砸碎的,是自己的童年,尤汉娜将再也不会回到他的身边。然而,这一切都无关紧要。

1944年5月16日22时18分,在格努阿的拉维卡小巷上,特伦托咖啡馆里的十四台桌子都坐满了人。跟每天晚上一样,只有德国士兵到这家咖啡馆来,几乎所有人都是海军。男人们解开了军服上衣的扣子,打着牌,有些人已经喝醉了。一个穿着下士军装的男人,把手提包放在自己身边,靠着吧台站着。他不跟任何人说话,点了一小杯啤酒,站在那里就把酒喝光了。他用脚把他的包踢到吧台下面,包不重,也就不到一公斤的样子。进咖啡馆之前,他用一把老虎钳把黄铜细管末端的安瓿给夹扁了。当他喝酒的时候,他包里的氯化铜溶液开始慢慢地腐蚀铁丝。他至少有一刻钟的时间。他们给他讲解了好多次英式引爆器的原理:一旦铁丝融化了,细管内部的一根弹簧也会化掉,一根撞针会顶上发射片,这样就会擦出火花。他们之所以不用德式的引爆器,是因为德式的起燃时间太短,发出的嘶嘶声也太响。这个男人把他喝完的空酒杯放在吧台上,旁边放上钱,就走人了。十八分钟后,这个特制炸弹引爆了,秒速为八千七百五十米,远比TNT炸药的威力要猛烈得多。炸药带起的冲击波压碎了离炸药包最近的士兵的躯体,还撕裂了另一个士兵的肺部,两人当场死亡。桌椅横飞,酒瓶子、玻璃杯和烟灰缸被击得粉碎。一根木屑扎进了一个军士的左眼,还有十四名士兵受了伤。他们的脸上、胳膊上和胸部都扎进了无数碎玻璃。咖啡馆的窗户被震碎了,门被从合页上甩出来,摔在了大街的碎石子路上。

凌晨两点的时候,译员醒来了。他腰疼得厉害,因为他又在沙发上睡了一觉。在狭小的家里,他不想这么早就把太太和孩子们吵醒。连续好几个星期都是这样,自从新来的德国军官接手了设在格努阿的纳粹指挥部,他把这个指挥部管理得就像一家企业。新来的德国军官叫汉斯·迈耶。他的任务是叫停这个地区的罢工——纳粹需要工厂开工为他们生产军工用品。

在沙发上,译员多躺了一会儿。他经常想,他其实更喜欢留在他的村庄里过日子。那是在山区,著名的景区梅拉诺就在山脚下。十四年前的夏天,在他父母开设的家庭旅馆里,他认识了他的妻子。她身上有股新鲜草莓的香气,比他村子里的姑娘们都要优雅,即便在这么高的山区,她还是坚持穿高跟鞋。她的父母批准了两人订婚,他随着她来到了格努阿这座城市。很多年来,两人的日子都过得不错。然而,战争爆发后,他的父亲病倒了。为了支付医疗费,他们不得不变卖所有的家当。他到黑市上做起了小买卖:食品、香烟、有时候还买卖些首饰。他本来可以一直这样为生下去,战争总有到头的一天嘛。

然后他倒了霉。德国人在港口搜查"匪徒",他们是这么称呼游击队的。他不是游击队员,他只是在卖东西而已。

但是,当德国人来搜查时,他和别人一起逃跑,藏进了一个仓库里。一个女游击队员躺在仓库的入口处,他直接就从她的身体上跨了过去。她流了很多血,身边的地面都发黑了。他躲在角落里听这个女人在呻吟。不知什么时候,她的声音听不到了。他走上前去打量她。就在这时,他感到后背被一支步枪的枪口顶住了。

德国人没收了他的装食品的口袋,还没收了他的香烟,把他押送到了指挥部。当他们得知,他是意大利和德国交界处的南蒂罗尔人,会讲德语时,德国人给了他两个选择,要么进监狱,要么给他们当翻译。

译员起床了,从椅子上拿起衣服穿上。半个小时后他出了家门。他骑上自行车,今天要去马拉细区。德军指挥部的第五处,刑事警队的队长告诉他,今天必须在凌晨两点四十五分到达监狱。他们没有告诉他,要在监狱里干什么。其实他们也不用说,他早就知道了。对德国士兵的袭击早就有,但在特伦托咖啡馆发生的爆炸事件,德国人是决不能等闲视之的。他们要采取"斩钉截铁的措施"来回应。德国人总是重复这个词:"斩钉截铁"。

一到马拉细监狱里,他就拿到了名单。现在是凌晨三点了。他必须根据名字后边的号码冲着监狱走道喊号。只能喊号，不能叫名字，名单上一共二十个人。这些人都跟爆炸袭击没有关系。然后，犯人们就走出来了，站在每个人的囚室门口。走道里弥漫着一股卧室的味道。第五处的这个德国人一轻声说话，就结巴。但他把声音提高以后，结巴就消失了。译员必须开始做翻译了。现在，囚犯们须穿上衣服，他们要被转移了，东西都不用带，随后会被送过去。这就犯了一个错误，因为在这种时候，囚犯的东西是不会被送到别处的。囚犯们马上就明白了，他们今天就要去死。最后，德国人把名单上的号码跟囚室的门牌一一对照，检查对了，就把名单上的名字划掉。

监狱大院里的照明灯十分刺眼。探照灯也打开了，打在墙上。所有人的脸都一片惨白，一切的一切看上去，就像在一部曝光过度的电影里。院子中间停了一辆卡车，后面的篷布被卷上去。犯人们爬上卡车，坐在木板凳上。四个士兵看守着他们，他们都端着冲锋枪。指挥部里的人都不在场，这些士兵穿的一律是海军军装。没有人发号施令，也没有人反抗。译员和海军军官单坐一辆装甲车，在监狱大门口，汉斯·迈耶也坐进了这辆车。译员坐在前面，司机的旁边。他听不全懂后面两个男人在说什么。汉斯·迈耶说到了"希特勒的命令",还提到了"凯塞林将军",还有"以十还一"的报复措施,死一个德国士兵,就杀十个游击队员。迈耶说,他被召唤到弗洛伦萨,在罗马的拉瑟拉街,暴徒枪杀了三十三名德国士兵。现在到了以命偿命的时候了。译员已经听说过这个事件,事发在博尔扎诺,一个警察连队被袭。凯塞林将军下令,射杀了三百三十五名民众,他们跟袭击案一点牵连都没有,死者里面还有一个孩子。"如果没有孩子在内,可算是一次干净漂亮的行动。"汉斯·迈耶说道。

他们的车开了有一个多小时,随后街道变得越来越窄,卡车的探照灯在后面紧紧跟着他们。有一次译员看到了一头鹿,它惊呆了,十分美丽,眼睛像玻璃。

车停下来时,译员已经完全丧失了方向感。路两旁早已停了两辆汽车。到处都是海军士兵,也许有四十多人,他们把街道封锁起来。犯人们从卡车上下来。士兵们把他们捆绑上,每两人一组,一个朝前,一个朝后,把他们的左臂绑在一起。

译员站在犯人群里,给他们翻译德国人下的指令。然后,他跟着迈耶和士兵们进了山沟。他绊了一跤,在岩石上划破了手棱儿,抓了一把石头上潮湿的青苔。转过一个弯,他们在下面的一个谷底腹地停了下来。山石上笼罩着淡淡的薄雾。他们面前有一个大坑，一定是别的犯人事先挖好的。大坑的边缘都用木条固定住了。译员忍不住往坑里看了看。

突然间，一切进行得异常迅速。十个士兵在距离大坑五六米的地方列队站好，五个犯人被领到大坑边，在木板条上站住。他们盯着步枪的枪口，眼睛都没有被蒙上。没有任何解释，没有牧师，没人说话。海军军官发令："打开保险，""瞄准""开火"。立即，十发子弹被发射出去。山石把枪声的回音打了回来。犯人们仰面倒进了坑里。随后，士兵们又带过来五名游击队员。这期间，一名年长的德军下士顺着一个短梯子爬到坑里。他脚蹬胶靴，不想把自己的军皮靴弄脏了。在坑里他冲着两个犯人的脑袋开了两枪。"似乎现在还在给谁开恩呢。"译员想到。

站在木板条上的游击队员目睹了他们自己的死亡。比他们早死的队员横七竖八地倒在下面的坑里，倒在污秽中，互相摞着，胳膊和腿形状古怪地扭曲着，脑壳炸裂，上衣上全是血，血又渗到泥泞中去。尽管如此，也无人反抗。后来，在当日的报告中会进行这样的记录："复仇行动得到执行，无异常情况。"只有一个人没有遵守流程：那个男人没有盯着士兵,他抬头看向天空,举起双臂高呼:"意大利万岁!"随后他又大喊了一声:"意大利万岁!"他的声音听起来有些失真,"有些赤裸裸的。"译员这么想。一个士兵的神经绷不住了,他提前扣了枪栓,唯一的一发子弹射进了喊声中。译员看到,子弹头是怎样飞进了那个男人的胸膛,怎样把他的上身撕裂,虽然双臂还保持着张开的姿态。他看到了那个提前开枪的士兵的脸,特别年轻,几乎还是个孩子,士兵的嘴张着,步枪还一直端举着。这个年轻人一辈子也不会跟任何人提起这一天。这已经不再是战争,也不是一场战役,更不是敌手交锋。有人在屠杀别的人,这就是真相的全部。译员看到这个年轻士兵的眼睛,也许不久前,他还坐在学校的板凳上或者大学的报告厅里。译员只要还有一天活着,他就会想起来,这就是一瞬间的真相,但他不知道,这算是哪种真相。

不知过了多久,一切终于结束了。士兵们用铲子把堆满了男人尸体的大坑填上。最后,他们在原来是大坑的地方推上了一块大石头。往回开的车里,没有一个人说话。到了格努阿,当译员又骑上他的自行车时,白天已经开始很久了。他不想回家,不想看见老婆孩子。他骑到了海边,把自己放倒在沙滩上,看着远远的海浪。

到了晚上,译员把自己灌醉了。回到家以后,他跟太太讲了早上山沟里发生的事情。夫妻俩坐在厨房里,他的太太直勾勾地盯着他,直到他把事情讲完。然后她站了起来,给了他一个耳光,又一个耳光,一直把他扇到她扇不动为止。他们在黑暗中站了很久。后来,他开了灯,把他在监狱里揣起来的写有犯人名字的单子交给了太太。他太太大声读出来,第一个名字是:"尼克拉·科里尼"。

四天以后,消息传到了科里尼的村子里。晚上,毛罗舅舅朝躺在床上的男孩子俯下身,亲吻他的眼睛。

"法布里乔,"他对睡梦中的孩子说,"从现在起,你就是我的儿子了。"

17

"那个译员,"莱能说,"在1945年被格努阿的特殊刑事陪审法庭判处死刑。"说完,他坐下了。

法庭里的寂静让人难以忍受。就连审判长都只是一动不动地看着莱能怎么收拾他的发言稿。终于,她朝高级检察官雷莫斯转过身去。

"检察院想对此发表意见吗?"

这个提问缓解了法庭里的紧张气氛。高级检察官雷莫斯摆摆手。他说,他想对现有资料进行审核后再发表意见。人们几乎听不清他说的话。

审判长又朝马汀格的方向望过去。"诉讼代理人,您有任何想说明的吗?"

马汀格站起身来。"被告的辩护人向我们描述的众多事件是如此之残暴,对此我需要时间消化。我认为大厅里的每一位都和我有同感。"他说,"但是有一点我怎么也搞不明白。我问自己：为什么现在才说？如果在本法庭上陈述的事件均属实，那么，我们还是有一个问题需要回答：为什么被告要等待如此之长的时间，才去杀害汉斯·迈耶？"

莱能本来想说，他的当事人会在之后做出书面陈述。可他没发现，坐在他身边的科里尼动了一下。这个巨人站起了身，面无表情地盯着马汀格。然后他说："我舅妈……"这是人们第一次听到他的低沉、柔和的声音。莱能想帮忙。"不用，让我来讲。"科里尼轻声地对他说。然后，他又向马汀格转过身去。"我舅舅早已去世。秋丽雅舅妈在2001年5月1日过世。她对我去杀人犯的国家打工已经很难接受了。更不要说，我若再进了德国的监狱，那简直会害死她。因此我必须等待她老人家去世。只有她去世了，我才能把迈耶杀掉。这就是故事的全部。"科里尼又坐下了。他坐下的时候非常小心翼翼，生怕弄出任何响声。马汀格注视了他一会儿，然后点点头。

"审判长女士，"他说，"我请求在下一次开庭的时候再陈述我的观点。"

审判长宣布休庭。

莱能去法院的地下停车场取车。他在市里穿行。在一个十字路口，他看到一个流浪汉，面前摆了一个纸杯。开到椴树下大街，有一位老师带领他的班级参观弗里德里希大帝的纪念雕像，接着又把纳粹焚书的地点指给学生们看。一个政治家的照片挂在广告柱上，向人民许愿经济会突飞猛进和减税。莱能很想找个人说说话，可是此时没有能和他说得上话的人。他又往"6月17日大街"开，那里有个旧货市场。他在货摊间晃来晃去。这里的大部分旧货，都是人死后清理住宅时淘出来的东西：餐具、烛台、版画、梳子、杯子、家具之类。一个年轻的女人在试穿一件貂皮大衣，她在她男朋友面前搔首弄姿，撅起了小嘴。一个男人在卖古董图文书，把他的货夸得好似新鲜出炉。莱能听了一阵他的宣讲，然后走回自己的车里。

18

在下一个庭审日,审判长刚刚宣布开庭,马汀格就立刻站了起来。他今天看起来跟前两个庭审日完全不同,额头上纵横交错的皱纹显得更深了。他全神贯注,精力充沛。审判长批准了他的发言。

"法官女士和法官先生们,"他说,"在上一个主审日,被告的辩护人向我们提供了被告的作案动机:被告的父亲在汉斯·迈耶的命令下被枪决。五十七年后,法布里乔·科里尼对他施行报复。根据目前的情况看,作案动机当然是具有其正当性的。然而,如果在当时的法律条件下,对法布里乔·科里尼的父亲的枪杀是被允许的,那么,这个作案动机就要另当别论了。也就是说,科里尼杀害了一个执行了当时的法律法规的人。"

马汀格吸了一口气,把身子转向莱能。"除此之外,这也是诉讼代理人应尽的职责,即保护受害人。而且,在此案审理中,受害人并不是被告,而是并且依然是汉斯·迈耶。"

"我不明白您到底想说明什么。"审判长打断了他。

马汀格举起一沓报纸,在空中抖了抖。他的声音提高了:"被告的辩护人成功地做到了,把汉斯·迈耶作为一个冷酷的杀手呈现在公众面前。每份报纸都在描述他残暴的行径,这些报导您一定也读到了。"他把报纸扔回自己的桌上。"鉴于此,我们现在无可避免地必须请一位专业鉴定人来向我们报告,汉斯·迈耶到底是不是一个杀人犯。人若犯我,我必犯人——这是我们刑事诉讼法在很多地方的行事规矩。换言之,我们不能忙活了数月,然后就用一个证据来要求法庭判决,科里尼的枪杀行为是被允许的。"

马汀格摘下他的花镜,手撑在桌子上,盯着审判长:"因此,我请求法庭,允许我邀请路德维希堡的联邦档案馆馆长作为专业鉴定人出庭。今天,我请来了施婉博士本人,她正在法庭外等候被传唤。"

"您的这个做法可是很少见啊,马汀格先生。"审判长说着,摇了摇头。"您连提供新证据的申请都没有提交,施婉博士女士不得到庭。"

"我深知自己的举措不妥,"马汀格说,"可是我恳请法庭考虑我的请求。作为诉讼代理人,我必须站在受害者的立场上,尽快采取措施。"

审判长看了看坐在她左右的审判员们。二人都点了头。"我们今天没有邀请其他证人出庭。如果检察院和被告的辩护人对此不持反对意见,那么,我就批准施婉博士女士作为专业鉴定人出庭。但是我必须事先跟您说清楚,马汀格先生,这是唯一的一次,我特许在本法庭上出现如此出格的举动。下不为例。"

"深表谢意。"马汀格说着坐了下来。

审判长请一位法警传唤了鉴定人。鉴定人步入法庭,走上了证人席。她的头发梳理到脑后,一张聪明的脸,几乎不施脂粉。她打开带来的箱子,取出大约十个浅灰色的卷宗,放到桌上。然后,她看着审判长,短短一笑。

"请您报上姓名和年龄。"审判长说。

"我是菊碧勒·施婉博士,今年三十九岁。"

"请问您的职业?"

"我是历史学家和法学家,目前供职于路德维希堡联邦档案馆任馆长。"

"您和被告有亲属或联姻关系吗?"

"没有。"

"施婉博士女士,法律要求我对您进行以下训示。您须以不偏不倚的公正之心和良知做出鉴定。您可以宣誓。您若提供伪证,将面临被判处至少为期一年的刑罚。"审判长又转向马汀格,"马汀格先生,是您把施婉博士女士请到法庭上来的。本法庭不知您邀请鉴定人所需鉴定的主题是什么。因此,我直接授权您对鉴定人提问。请您开始吧。"审判长说完,背靠椅子坐了回去。

"非常感谢。"马汀格越过他的花镜,直视鉴定人。"施婉博士女士,请您向我们介绍一下您的简历和教育背景。"

"我在波恩攻读了法律和中古史。这两个专业我均考试合格,在历史专业我还攻读了博士学位。之后,我在马堡的档案学院完成了为期两年的见习。到目前为止,我领导联邦档案馆路德维希堡分馆已有一年半了。"

"这是一个怎样的档案馆?"

"1958年,政府成立了州司法行政中心,专门负责侦查纳粹所犯罪行。在路德维希堡有空闲的办公场地,因此,这个中心就设在了那里。各个州派来的法官和检察官都到这个中心来工作。他们的任务是,尽可能全面地搜集和整理纳粹犯罪的资料,包括开展初步调查,然后向所属的各检察院提交诉讼。2000年1月1日,在路德维希堡的办公楼里又设立了一个联邦档案馆的分馆,负责管理司法行政中心搜集到的各种资料,我们的档案资料架有八百至一千米之长。"

"这么说来,您作为档案馆馆长,您的工作与第三帝国期间的人质和游击队员屠杀事件产生了交集。"

"是这样。"

"请您用简单的语言解释一下,屠杀游击队员的行为到底是怎么回事。"

"在二战期间,德军和盟军均枪杀过民众。这是对民间暴力袭击正规军事力量的一种复仇行为,而且,也是为了恐吓民众,不要再进行更多的恐怖袭击。"

"明白了。这样的事件时常发生吗?"

"是,经常发生。比如,在法国死于此类事件的人数有三万。总体死于此类事件的人数高达几十万。"

"在纳粹统治消亡后,有无对此类枪杀事件的刑事诉讼?"

"有,在很多国家都进行过。例如,在法国、挪威、荷兰、丹麦、奥地利,在意大利是在英国军事法庭举行的,在德国是在纽伦堡的美国军事法庭举行的。后来,当然在联邦德国也进行过一些诉讼。"

"这些诉讼的结果如何?"

"各不相同。既有无罪释放的,也有被判刑的。"

"比如,在纽伦堡的美国军事法庭上受理的诉讼案件,是怎样的结果?"

"在所谓的人质诉讼案件中,德军一些将军被指控,须对在希腊、阿尔巴尼亚和南斯拉夫的几十万无辜民众惨遭杀害而负责。审判结果认为他们应该被判刑。"

"法院是如何判决的?"

"法院宣布,该屠杀行为乃野蛮的史前遗迹的一种存留。但是……"

"但是什么?"马汀格问。

"但是,如果是在极端的条件下,这种行为是被许可的。"

"被许可? 杀害无辜的民众被许可? 在何种前提条件下杀戮无辜民众会被法律所许可?"马汀格问。

"有一系列的情况被列为法律许可的前提条件。比如,绝对不允许杀害妇女和儿童。杀戮不可以使用残忍的手段。在枪杀前,不得对被杀者施以严刑拷打。而且,必须非常认真努力地查找过进行袭击行动的恐怖分子。"

"还有其他被认可的前提条件吗?"

"还有。枪杀执行后必须进行公示。只有这样,才能有效地阻止民众参与更多的恐怖袭击。这当中的争议点是,在何种程度上,人们可以判断一场杀戮是正义的。"

"您想说的意思是?"

"因为一个士兵被杀,就有理由杀掉一个普通百姓来偿命吗?还是应该杀掉十个百姓来偿命?或者该杀掉一千个普通民众?"鉴定人说道。

"这个问题在当年得到了怎样的回答呢?"

"答案各种各样。国际法里对此没有定出一个统一的规则。1941年,希特勒在一道命令中宣布了1∶100的比例——这样的比例在国际法中是绝对通不过的。"

"最宽的界限是多少?"

"这个问题没有明确的答案。总之是不能过分。"

"非常感谢,施婉博士女士。让我们现在回到我们的核心问题。您熟悉汉斯·迈耶的档案吗?"

"是,我对此很熟悉。"

"让我们把细节一个个过一遍。1944年,意大利游击队员在格努阿的一家咖啡馆点燃了一颗炸弹。两个德国士兵在这次恐怖袭击中丧生。根据您刚才讲述的各种指标,这可算是一场恐怖袭击?"

"是的。"

"德军的安全部门在恐怖袭击发生后,搜寻对此行动负责的游击队员,但是没有找到。您觉得这也符合您刚才描述的前提条件?"

"我想说是的。"

"汉斯·迈耶接受了上级的命令,部署了对二十名游击队员的枪杀。他采用的比例为1∶10。这个比例过高吗?还是这个比例可列在允许范围内?"

"对这一点我无法给出明确的答复。也许,这个比例应该还在被允许的范围内吧。"

"但是,"马汀格说,"法律是禁止枪杀妇女和儿童的,对吧?"

"对。这在任何时候都是被禁止的。所有枪杀妇女和儿童的凶手都被判刑了。"

"在档案记载中,这次被枪杀的人全部是成年男子。最年轻的为二十四岁,也就是说,这也是在国际法允许之列?"

"是的。"

"根据您的专业经验,如果这些男人在被枪杀之前受过刑,因为想从他们嘴里获取信息,这理所当然也是被禁止的？"

"不对,档案中没有关于他们受过刑的任何记录。"

"对这些游击队员的枪杀被公示过吗？"

"在档案中,有三份当地的报纸对此做了报道。根据国际法的基本条律,这应该符合公示的标准了。"

马汀格把身子转向法庭。"换一句话说,鉴定人介绍的全部前提条件,此案均符合。"他摘下花镜,把文件放下来,搁在桌子一旁。"施婉博士女士,曾经有人提交过对汉斯·迈耶的起诉吗？"

"有。"

"有过？"马汀格做出十分吃惊的样子,"检察院真的对汉斯·迈耶进行过调查吗？"

"是的。斯图加特的检察院受理过。"

"这是什么时候的事情？"

"1968年、1969年。"

"对汉斯·迈耶做出审判了吗？"

"没有。"

"没有？……他没有受到指控吗？"

"没有。"

"有没有对他进行过任何传讯？"

"没有。"

"原来如此。我明白了，"马汀格坐在他的椅子上，一半身子转向听众和媒体，"甚至没有对他进行过一次传讯……这很有意思……尽管斯图加特检察院受理了对汉斯·迈耶的指控，尽管根据指控进行过立案调查，也为此建立了档案，但他却既没有受到传讯，也没有对他作出过判决。我们刚才都听到了，汉斯·迈耶的行为，完全符合国际人质处决要求的前提条件，一切均在被允许的范围内。因此，施婉博士，我接下来想问您的问题是，对汉斯·迈耶的指控后来结果如何？"

"案子被撤销了。"

"完全正确，这个案件被做了撤销处理，"马汀格说，"斯图加特检察院于1969年7月2日撤销了对汉斯·迈耶的立案调查。"

"情况的确如此。"鉴定人向莱能投去求救的一瞥。莱能几乎不被察觉地点了下头。

"谢谢您，施婉博士。"马汀格现在面向法官席："我没有其他问题要问鉴定人了。"他赢了：汉斯·迈耶不再是一个杀人犯。马汀格微微一笑。

"我们现在午休一下。"审判长宣布。

莱能朝科里尼转过身去，科里尼的脑袋耷拉着，双手沉重地放在腿上。这个大个子男人哭了。

马汀格只用了短短两个小时的时间，就把科里尼的父亲再杀死了一次。

"事情还没有结束。"莱能对他说。科里尼没有反应。

法庭外，马汀格在回答记者们的提问。莱能出门的时候和他擦身而过。外面，在行人道上也站着些记者，其中一个一直跟在他身后，可是莱能不理睬他。在一个小巷里他停下脚步，把公文包放到地上，背靠着一座房子的墙面。大腿一阵痉挛，等了好一会儿痛感才过去。莱能走过法院边上的一座小楼，他想去那个小小的街心花园。在威斯那科尔街的红砖墙上，他看到一面纪念碑，以前他从来没有注意过上面的文字，只见写着："疯狂才是这个国家的真正主宰。"这是阿里波特·豪斯霍夫的《莫阿比特歌谣》里的一句诗。他是在监狱里写下这首诗的，1945年豪斯霍夫被纳粹枪杀。莱能走进街心公园的大门，下了坡，下面是一座极小的蒙难者墓园。市政府在那里用水泥立了一块碑文："他们死于战乱，死于空袭，死于求生的劳作，死于子弹，或死于自尽。"他在墓园里的一张木椅上坐下来。战争结束前最后几天的死难者，共三百多位，就躺在这座墓园里，位居市中心,一个似真非真的所在。

莱能在脑子里很难想象出战争的模样。他父亲提到过严寒、疾病和肮脏,提到过披铜挂铁的士兵,也提到过物资短缺、死亡和恐惧。莱能自己看过无数部电影,读过很多书籍和论文。上学的时候,几乎每一门课里都涉及第三帝国的内容,他的很多老师是六十年代的大学生,他们要求自己对这个世界要比父辈做得好些。但无论如何,对莱能来说,战争最终还是一个遥不可及的世界。他闭上眼睛,努力让自己放松下来。

下午两点刚过,当法庭里的人都陆续坐下来以后,审判长说:"本法庭对鉴定人没有其他问题了。高级检察长先生,您有问题吗?"雷莫斯摇了摇头。审判长又转向莱能:"辩护人先生……"

挂在观众席上的大钟指向 14:06。观众、记者、法官、检察官、马汀格和鉴定人——所有的目光都集中到了莱能身上。所有的人都等着他。日光从高大的黄色窗户中射进来,照在了审判长的眼镜上。光线里充满了灰尘。外面的大街上有辆汽车在摁喇叭。

审判长说:"显然辩护人也没有问题了。对鉴定人的宣誓有什么异议吗？没有？那好。鉴定人可以退席了吧？"雷莫斯和马汀格都点了头。"那么，施婉博士，我感谢您短暂地出庭……"

"……我还有几个问题。"莱能大声地打断了审判长。马汀格张开了嘴，但是他什么也没说。

"太晚了吧，辩护人先生。不过，请讲。"审判长相当不悦。

莱能的声音发生了变化，现在，在这个声音里，一点柔的东西都没有了。"施婉博士女士，能否请您告诉我们，当年是谁对汉斯·迈耶提出的指控？"

"是您的当事人，法布里乔·科里尼。"

一位审判员猛地一下抬起了头。谁都没有料到这一点。马汀格的脸色变白了。

"检察院是在何时撤销了这个案件的调查？"莱能问。

鉴定人在档案中翻找着："案件调查撤销的日期是1969年7月7日。法布里乔·科里尼是在1969年7月21日接到案件调查撤销的通知的。"

"只是为了确保清晰无误，我跟您确认一下：我们现在谈及的撤销，就是马汀格先生在午休前谈及的那个撤销？"

"对。"

"斯图加特检察院之所以撤销了对此案的调查,是因为对游击队员的处决是被允许的?"

"不是。"

"什么?不是这个原因?"莱能的声音一下子提高了。法庭全场的惊愕都集中表现在了他这里。每个人都错愕不已,除了莱能本人。"可是,您刚才明明就是这么向我们做出陈述的。"

"不是这样的。我没有这么说。只是马汀格先生问得十分巧妙,可能给大家造成了这个印象而已。我仅仅说到案件的侦查被撤销了。撤销的理由却完全是另外一个。"

"另外一个理由?难道枪杀没有发生?"

"枪杀发生了。"

"那么,难道汉斯·迈耶并没有参加到这起枪杀行动中?"

"汉斯·迈耶正是下命令进行这场枪杀的指挥官。"

"这我就不明白了。那么,针对汉斯·迈耶的起诉调查到底为什么被撤销了呢?"

"其实原因非常简单……"鉴定人给自己的回答留出了充裕的时间。

莱能知道,这个问题曾是他们两人讨论的一个重点。

在路德维希堡，他们两人几个小时几个小时地探讨这个问题。"……追诉该行径的时效期限失效了。"

法庭里出现了一片骚动。

"失效了？"莱能重复了这个词，"也就是说，对于汉斯·迈耶是否有罪，从来就没有进行过侦查？"

"是这样的。"

"如果我正确地理解了您的意思，就是说，我的当事人向检察院控告了那个下令枪杀他父亲的人。法布里乔·科里尼完全遵守了一个法治国家的要求，向检察院提交了刑事起诉书。他也提交了证据。他把他的信任交给了这个国家机构。然而，等了一年之后，他收到一封信，里面只有一页纸，上面写着，调查程序被撤销，因为该行径已经超过了追诉的时效期限？"

"的确如此。之所以超过了追诉的时效期限，这是由一条在1968年10月1日生效的法律造成的。"

记者们重新从他们的包里掏出了本子，跟着记录。

莱能依然做出吃惊状，"您在说什么？1968年不正是学生闹革命的那一年嘛。全国都处于非常状态。大学生们谴责他们的父母须对第三帝国负责。可是，恰恰就在这一年——1968年，联邦议会难道会做出决定，批准对这种行径的法律追诉期限过期失效？"

马汀格站了起来，他从震惊中恢复了常态："我抗议这个问题。我们这是在哪儿啊？我们是在一场刑事诉讼的审理上，还是在大学的一堂历史课上？这个问题跟我们的审理一点关系都没有。很显然，当年联邦议会做出这个决定，就是想让这种犯罪过期失效。我们现在在法庭上要审理的是被告，而不是立法者。"

"正相反，马汀格先生，这个问题跟本案的罪责问题高度相关。"莱能说道，他的语气很坚硬。"我们这里讨论的问题，虽然不会改变科里尼杀人的事实。但是，正如您本人所说的，他是任意所为，还是他的行为是可以理喻的，这其中有天壤之别。"

审判长在手中慢慢地转动她的钢笔。她先看了一眼马汀格，又看了一眼莱能。"我批准这个提问。"最终她说道。"这个问题触及被告的作案动机，因此，它可能对罪责问题的评判起到关键作用。"马汀格又坐下了，跟审判长的决定作对是没有任何意义的。

"您可以把您的问题再提一遍吗？"施婉博士问。

"好。不过我现在换一个问法，"莱能说，"马汀格先生刚才说了，他认为1968年联邦议会是想让纳粹当年的犯罪行径在法律上过期失效。我想请问您,作为一名历史学家,您认为马汀格先生说的对吗?"

"马汀格先生说的不对。情况要比这复杂得多。"

"复杂得多?"

"1968年,在联邦德国发生了一场很大的辩论。自1960年起,在第三帝国期间犯下的所有罪行都过期失效,唯有谋杀罪除外。对于谋杀罪行还必须继续追踪侦查。然而,后来发生了一场灾难。"

"到底发生了什么?"莱能当然知道答案,但是,他想通过提问,引领鉴定人进行陈述,好让全场的人都能理解问题的所在。

"1968年10月1日通过了一条极不起眼的法律。该条法律的缩写是EGOWiG,展开来就叫《行政犯罪法的实施法》。这条法律显得那么无足轻重,以至于在联邦议会上都没有对它进行过哪怕一次的讨论。没有任何一位联邦议员理解这条法律的意思。当时也没有一个人发觉,这条法律将改写历史。"

"我必须请您对此给我们做出更详尽的解释。"

"这一切的始作俑者是一个叫爱杜阿德·德雷尔博士的人。第三帝国期间,德雷尔是因斯布鲁克特别法院的第一检察长。我们对他在这期间的表现知之甚少,但是,我们所了解到的,都是非常可怕的情况。比如,他起诉了一个偷食品的人,要求给那人判处死刑。有一个女人用非法手段得到了几张布票,他也起诉给这个女人判处死刑。最后这个女人被判处十五年徒刑,德雷尔却认为量刑过轻。他最后还是把这个女人送进了劳教场。"

"劳教场?"

"这在当时跟集中营类似,"鉴定人说,"战败后,德雷尔先是在联邦德国当了名律师。后来,1951年他被提名进了联邦司法部,从此直步青云。德雷尔摇身变成了司法部长秘书和联邦司法部刑法司的副司长。"

"人们了解德雷尔的过去吗?"

"了解。"

"尽管如此还是给他加官进爵?"

"是。"

"那么,那个立法的事情又是如何发生的呢?"

"我们首先需要了解,根据司法裁判,只有纳粹的最高领导者才被定性为凶手,"鉴定人说,"所有其他的人都属于谋杀的从犯。只有极个别例外。"

"也就是说,希特勒、希姆勒、海德里希等才是凶手,所有其他人只算作他们的帮凶?"

"是这样,所有其他人只属于命令的接受者。"

"但是……但是在第三帝国,几乎每个人都是命令的执行者。"莱能说。

"正确。根据司法裁判,每个执行命令的士兵都只是从犯。"

"那么,"莱能问到,"如果一个部委里的人,坐在他的办公室里,组织把犹太人遣送进集中营,根据这条司法裁判,他也不算是一个罪犯?"

"对。这些所谓的办公桌罪犯,根据司法裁判只算是从犯。在法庭前他们都不算作凶手。"

"这个情况除了让我认为荒诞之极之外,我还想知道,这种凶手和从犯的区分,对追究刑事责任产生怎样的影响呢?"

"刚开始的时候没产生什么影响。"

"可是,您用的词却是'一场灾难'。"

"这条由德雷尔做出来的法律,即《行政犯罪法的实施法》,改变的是追究刑事责任的失效期。这条短短的法律听上去是那么的无伤大雅,以至于没有一个人察觉到它会产生怎样的后果。十一个州的司法行政部门,联邦议会的议员们,联邦参议院以及各法律委员会,每一家都忽略了这条法律。最先还是媒体发现并揭露了这个丑闻。后来,等每个人都清醒过来的时候,已经太晚了。用极度简化后的说法来解释吧,这条法律的意思就是,某些特定的谋杀帮凶者,对他们只按杀人罪而不是按谋杀罪来判刑。"

"这又意味着什么呢?"

"……这意味着,对他们罪行的追究突然之间就过期失效了。罪犯们都被宣布无罪了。您想想看:在这条法律生效前,柏林的检察院正在因一桩残暴的诉讼案准备起诉帝国安全总局。当《行政犯罪法的实施法》公布生效后,检察院的检察官们只能罢手了。在帝国安全总局工作过的那些官员们,他们当年组织了在波兰和苏联的大屠杀,他们对上百万犹太人、牧师、共产党人和吉卜赛人的死担负责任,然而,根据新的法律规定,现在却不能对他们追责了。德雷尔的这条法律其实就是一条特赦令。一条对几乎所有纳粹罪犯的冷酷的特赦。"

"可是,对待这样一条法律,为什么不能干脆把它撤回并取消掉呢?"

"这是法治国家的一条基本原则啊。如果一个犯罪行为一旦被判为过期失效,就再也不能倒回去追究其刑事责任了。"

莱能站了起来。他几步走到了法官席前面,伸手拿了一本审判长桌子上摆放的灰色司法解释书。他把这本司法解释举给鉴定人看。"请您原谅,您提到的那位爱杜阿德·德雷尔博士,就是这个司法解释通行版本的作者吗?这个司法解释版本,是今天几乎每一个法官、检察官和律师的案头必备书。"

"正是他,"鉴定人说,"他就是德雷尔/特伦德版《司法解释》的作者之一。"

莱能把书放回审判长的桌上后,继续说道:

"德雷尔有没有被追究法律责任?"

"没有。直到今天,我们都不能排除所有疑惑、明确无误地断定,德雷尔当年是不是出于一时糊涂立了这条法。1996年德雷尔去世时,仍是荣耀集于一身的社会名流。"

"让我们回到我们的案件,"莱能说,"您说了,根据当时行之有效的国际法,在有限的前提条件下,对游击队员的杀戮是被许可的。试想,在上世纪六十年代的法庭和检察院,他们会怎样审判汉斯·迈耶呢?他们会把他视作凶手,还是把他当成从犯处理?"

"这当然是一个非常理论性的问题了。如果我把汉斯·迈耶的犯罪行为跟那个时期审过的其他案子放在一起比较的话……我觉得,他组织的这次枪杀游击队员行动,会被六十年代的法庭判作不算十分凶残。"

"如果放在今天审判,结果会有所不同吗?"莱能问。

"经过1963年—1965年在法兰克福奥斯维辛诉讼案的审理,大部分的民众才第一次直面纳粹罪行的残酷性。然而,其实是到了七十年代末期,我们社会的氛围才发生真正的逆转。那时,德国电视台播放了一套美国的电视连续剧,名为《犹太大屠杀》。每周一,有一千到一千五百万的人观看这部电视剧,并对之展开讨论。所以到了今天,我们的生活和所作出的判断,都会跟上世纪五十年代产生巨大区别。"

"那么,如果今天审判这个案子,会是一个什么结果呢?"

"根据迈耶的命令,游击队员是被射杀进一个大坑里的。他们都没有被蒙上眼睛。他们看得见那些尸体,而等他们被射杀后,他们就会倒在那些尸体上。他们必须听着死在他们前头的战友是如何被枪杀的。把他们运往枪杀地点,一路上用了好几个小时,而他们在这几个小时的运输途中,一直知道自己马上就要被杀害。这种把人射杀进一个大坑的做法，让人不禁联想到集中营里的大规模射杀……综合所有这些情况，我认为，到了今天，联邦法院会对此案件作出不同的审判：迈耶会被视为谋杀者的同谋。"

"然而，如果我对您的理解正确的话，就算把迈耶定性为谋杀者同谋，其实也不起任何作用了……"

"您说得对，不起作用了。因为迈耶的罪行已经过期失效了。我们的法律和司法裁判都将保护他。"

"非常感谢您，施婉博士！"

莱能坐回到位子上。他感到筋疲力竭。

审判长批准鉴定人在未宣誓的情况下退场了。然后她说，"我们现在休庭。鉴于新的证据材料，本庭需要进行咨询，以便确定今后几周的庭审内容。请各位把接下来几周的周一和周四留出来为开庭用。下周四在本法庭将继续开庭进行主审。再见。"

法庭里的人渐渐走空了。莱能还坐着不动。科里尼沉默了很久，莱能不想打断他的沉思。过了一段时间，科里尼回过神来。"莱能先生，我不擅长语言表达。我只是想说，我觉得，我们没有打赢这场官司。我们意大利有一句话，死者没有复仇之心，心怀复仇的是活人。我整天坐在牢里，想来想去的就是这个。"

"这是一句非常明智的话。"莱能说。

"是啊,一句明智的话。"大个子男人说着站了起来,把手伸给莱能。

科里尼从通向监狱的小门穿过时,不得不弯下腰。法警在他身后把门关上了。

法庭的门前,马汀格在等着莱能。他的嘴里叼着一根雪茄,当他看见莱能时,他笑出了声。"干得漂亮,莱能。我已经多年没有败得这么惨了。可谓全线崩溃。我祝贺您。"

他们一起走下台阶,朝法院的大门口走去。

"告诉我,您是如何得知我会邀请档案馆馆长来做鉴定人的?"马汀格问。

"您说对了,我的确事先知道了您的安排。施婉博士和我,我们在路德维希堡的时候很谈得来。您跟她联系过以后,她给我打了电话。这样一来,我就有备无患了。"

"好极了。案子常常就是这么获胜的。我猜,您现在成了德国最受追捧的律师了。但是,我亲爱的莱能,您还是做得不对。"老律师吸了一口雪茄,把烟吹进空中。"法官是不能根据貌似政治正确的东西来断案的。如果迈耶在当时的历史条件下做了法律许可的事,就是到了今天,我们也不能对他追责。"

他们穿过大堂,走到了法院门外。

"我认为,您想错了,"莱能等了一会儿,回答道,"汉斯·迈耶的所作所为,从客观上看,是凶残暴烈的。至于上世纪五十年代和六十年代的法官也许会作出倾向于他的裁决,并不能改变残暴这一事实。如果今天的法官不再作出袒护迈耶的裁决,那么,这只能说明我们进步了。"

"这正是我要说的意思,莱能:所谓的时代精神。我相信法律,而您相信社会。咱们走着瞧,看到最后谁对谁错,"老律师微微一笑,"不管怎么说,我现在去度假,对这个案子,我已经没有兴趣了。"

马汀格的司机已经把车开到了法院门口,正站在车前等着他。"对了,您听说了吗,尤汉娜·迈耶昨天把集团法务负责人鲍曼给开除了。当她听说这个蠢蛋想贿赂您时,她可气坏了。"

马汀格上了车,司机为他关上车门。马汀格把车窗摇了下来。"这个案子了结后,如果您仍然想当辩护律师的话,莱能,欢迎到我这儿来。咱俩做合伙人……"

车开动了。莱能目送他远去,直到消失在车流中。

19

莱能醒来时,天已经亮了。通向小阳台的屏门是开着的。此时是早上七点,离第十个庭审日开庭还有两个小时。穿着短裤和 T 恤,莱能走进厨房,煮了咖啡,给自己点上一根烟。他又从走廊上取了报纸,穿上浴袍,端着咖啡坐在了阳台上。

当他九点钟踏进审判庭的大厅时,一位法警告诉他,"根据审判长的指示",今天的审理要 11 点才开始。莱能耸了耸肩,把律师袍和文件夹放到自己的座位上,只带着公文包进了片刻咖啡馆。风还是有些凉,不过已经可以坐在外头了。一个记者也坐到了他的桌边,大声地给编辑部打电话,告知开庭时间推迟,谁都不知道为什么,他推测又有新的证据会提交。莱能很庆幸这个记者没有认出自己。他观察着那些走进法院的人们:被告、证人、一个班级的学生和他们的老师。一个出租车司机在跟警察辩论,能否把车停在主通道上。莱能抚摸着他的公文包柔软的皮面。这个包已经斑痕点点,还有两个地方开了口子。在他司法考试结束后,父亲把这个包送给了他。这个皮包是莱能的祖父在战争结束后在巴黎买的,据说价格不菲,把祖母都吓了一跳。但最后,这个皮包还是证明了自己的存在合理性,祖父和这个包慢慢地变得密不可分。"一个好包体现的是风度。"祖父常常这么说。

不到 11 点,莱能再次走进举行庭审的法庭。附带起诉人的席位是空的。莱能朝身后的玻璃隔间看了一眼,"我的当事人呢?"他问一位法警。这位身着灰蓝色制服的男人摇了摇头。莱能刚想问他这是什么意思,审判长就步入了法庭。

"早上好,"她说,"请各位就座。"她的声音今天听起来跟以往不同。她站在那里等着,直到诉讼流程各参与方、所有媒体人员和观众都坐定,安静下来。

"审判长女士,我的当事人还没有到场,他还没有被带来。我们现在不能开始。"莱能说。

"我知道,"审判长轻声地对莱能说,语气几乎是柔和的。她转身面向法庭里所有的诉讼流程参与方和观众。"被告法布里乔·马利亚·科里尼于昨夜在狱中自杀了。

法医对他的死亡时间鉴定为凌晨两点四十。"她等了等,直到所有的人都听明白了她的话。"鉴于此,我宣布以下裁决:针对被告的诉讼流程被撤销。此案产生的费用和必要的支出由国库承担。"

不知是从哪个座位上掉下来一支圆珠笔,在地上滚动,这是整个大厅里唯一的声响。书记员开始打字。审判长等着。然后她说:"女士们先生们,第12号刑事诉讼审判庭的案件审理到此结束。"审判员和陪审官几乎同时纷纷起立,退出了审判庭。一切发生得十分迅速。高级检察官雷莫斯摇了摇头,在他手头的卷宗里写了什么。

记者们都跑出大厅,给他们的报纸、广播和电台打电话。莱能坐着没动,他望着科里尼总坐的那把椅子,现在是空的,椅子边上的布料磨得有些薄了。一个法警交给莱能一个信封,上面写着"给辩护律师的信"。信封是封着的。

"是您的当事人留给您的,放在他的桌子上的。"法警说。

莱能撕开信封。里面只装了一张照片,一张小小的黑白照,很脆,磨损得相当厉害,四周刻着白色花边。照片上的小姑娘可能有十二岁的样子,她穿着一件浅颜色的衬衫,有些紧张地望着镜头。莱能把照片翻过去。在背面是他的当事人笨拙的笔迹:"这是我的姐姐。我对一切致歉。"

莱能站起来,摸了摸椅子的扶手,然后整理自己的东西。他从一道侧门离开了法院,开车回家。

尤汉娜坐在他的屋子的台阶上,她把单薄的大衣领子竖了起来,用手从前面把领口拢住。她的手是苍白的。莱能坐到了她身边。

"我也是那种人吗?"她问道,嘴唇在发抖。

"你就是你。"莱能说。

屋前的儿童游戏场上,两个孩子在为争一只绿水桶吵架。过些日子,天气就会转暖了。

我感谢克劳斯·弗林斯。没有他的建议和资料搜集，我是写不出这本书的。